AF235627

Rainer Bressler, Jurist im Ruhestand und Schriftsteller, geboren 1945, ist Schweizer und lebt in Zürich. In den Jahren 1980 bis 1993 profilierte er sich als Hörspielautor, dessen Hörspiele von Radio DRS produziert und ausgestrahlt wurden.

Bisherige Veröffentlichungen:
7 Hörspiele:
Tom Garner und Jamie Lester; Morgenkonzert; Folgen Sie mir, Madame; Aufruhr in Zürich; Nächst der Sonne; Geliebter / Geliebte; Gaukler der Nacht; Beinahe-Minuten-Krimi
Produziert und ausgestrahlt in den Jahren 1979 bis 1993

Geliebter / Geliebte. 8 Hörspiele, Karpos Verlag, Loznica 2008

Privatzeug 1856 bis 2012. Versuch einer Spurensuche, 5 Bände:
Spur 1 Reisen; Spur 2 Spielen; Spur 3 Schreiben; Spur 4 Dichten; Spur 5 Weben
BoD 2012 bis 2016

Pink Champagne, satirischer Roman, BoD 2020
Schattenkämpfe, Roman, BoD 2020
Kraut & Rüben, Kurzgeschichten, BoD 2020
Reise-Impressionen, Erzählungen, BoD 2020
Fenstersturz, Krimi-Satire, BoD 2020
Texturen, Krimi-Satire, BoD 2020
Theaterstücke Band I bis …, BoD 2020
Gärung, Gesellschafts-Satire, BoD 2020
Axthieb, Krimi-Parodie, BoD 2021

# Spassvogel

## Novelle

Rainer Bressler

Lektorat und Korrektorat: Rainer Bressler
Umschlagbild und Illustrationen: Rainer Bressler, Aquarelle
1973
www.rainerbressler.ch

Herstellung und Verlag: BoD – Books on Demand,
Norderstedt

ISBN: 978-3-7543-5422-3.

Bibliografische Information der Deutschen
Nationalbibliothek:
Die Deutsche Nationalbibliothek verzeichnet diese
Publikation in der Deutschen Nationalbibliografie;
detaillierte bibliografische Daten sind im Internet über
http://dnb.dnb.de abrufbar.

Wir kannten nicht sein unerhörtes Haupt,
darin die Augenäpfel reiften. Aber
sein Torso glüht noch wie ein Kandelaber,
in dem sein Schauen, nur zurückgeschraubt,

sich hält und glänzt. Sonst könnte nicht der Bug
der Brust dich blenden, und im leisen Drehen
der Lenden könnte nicht ein Lächeln gehen
zu jener Mitte, die die Zeugung trug.

Sonst stünde dieser Stein entstellt und kurz
unter der Schultern durchsichtigem Sturz
und flimmerte nicht so wie Raubtierfelle;

und bräche nicht aus allen seinen Rändern
aus wie ein Stern: denn da ist keine Stelle,
die dich nicht sieht. Du musst dein Leben ändern.

Rainer   Maria   Rilke   (1875   -   1926),
Archaischer Torso Apollos, Paris 1908

*Wenn die Hüter der Moral eine grosse Tragödie aufführen, weil Ödipus mit seiner Mutter geschlafen hat, und nun glauben, die Weltordnung sei deswegen aus den Fugen und das grosse Gesetz der Götter und Menschen in Gefahr, so mahnt die kynische Satire als erstes zu etwas mehr Gelassenheit. Sehen wir zu, ob das wirklich so schlimm ist!*

*Peter Sloterdijk, Kritik der zynischen Vernunft. Zweiter Band. edition suhrkamp1983, Seite 530*

# VORSPIELE

*Rainer Bressler, Ohne Titel, Aquarelle 1973*

*Deshalb sollten wir, individuell wie gesellschaftlich, das Leben vor dem Tod nach der Massgabe gestalten, wer und wie wir gewesen sein wollen. … Deshalb sollte jede und jeder einen Nachruf über sich selbst schreiben, darüber, wie sie oder er gelebt zu haben hofft, wenn er noch lebt. … Ich habe den Verdacht, dass die Aufgabe, einen Nachruf auf sich selbst zu schreiben, eine sehr produktive Sache wäre, denn in gewisser Weise würde man sich ja selbst verpflichten, so werden zu sollen, wie man gewesen zu sein gehofft hatte.*

*Harald Welzer (geboren 1958), Nachruf auf mich selbst. Die Kultur des Aufhörens, Fischer E-Books 2021, Seiten 19 / 20 / 21*

# Vorspiel I.
## Auswahl von Dramatis personae

Im Fernsehzimmer flimmert der Abspann der Folge „Bretter, die die Welt bedeuten" der Krimi-Serie „Die Hintertupfiger-Tschugger" über den Bildschirm. Im Türrahmen des Fernsehzimmers erscheinen unvermittelt Felicitas Fröhlich, Bastian Ursprung und Claudia Wermelinger. Alle Drei in erwartungsvoller und angespannter Begeisterung. Sie starren dabei auf den in seinem gut gepolsterten Fernsehsessel ausgestreckt ruhig vor sich hindösenden David Keuner. Felicitas bricht mit Feuer die vom Fernsehsound untermalte Stille.

„Dave, steh auf und komm mit in mein Zimmer. Wir wollen dir an meinem PC etwas zeigen, das dich aus den Socken hauen wird! Es ist nämlich so, Basti, Clau und ich haben, - .“

David schreckt auf. Rappelt sich auf. Mit dem Gedankenblitz, schon wieder nicht mitgekriegt, wer der Mörder ist. Er schaltet mit der Fernbedienung das Gerät ab. Grinst hin zu den drei jungen Leuten. Neugierig auf die erneute Überraschung, die sie ihm präsentieren wollen.

David amüsiert sich jedes Mal von neuem, wenn Felicitas, die Tochter, ihm, dem Vater, spontan und grinsend Anweisungen gibt. Im beschwingt-enthusiastischen Befehlston von Felicitas schwingen Respekt und Zuneigung mit. Respekt und Zuneigung von Jungen Alten gegenüber sind, wie David aus Erfahrung weiss, nicht selbstverständlich. Zudem ist Felicitas nicht einmal seine leibliche Tochter. Auch nicht formell seine Stieftochter. Sie ist die Tochter seiner Geliebten Delila Fröhlich. Er hat sich immer schon geweigert, Ersatzvater zu spielen. Er überlässt es dem leiblichen Vater von Felicitas, Sonntags- und Ferienvater zu sein. David hat sich vor rund zehn Jahren bei Delila und Feli in deren Wohnung eingenistet.

Felicitas war an diesem Abend nach der Schule überraschend mit ihren Kumpels Clau und Basti zuhause angetanzt. Delila hatte vorzeitig bereits angekündigt gehabt, wegen eines ihrer unzähligen Symposien, Seminaren oder was auch immer erst spät nachhause zu kommen. David und Feli sollten mit dem Nachtessen nicht auf sie warten. David kocht für die ganze Bande und sich Spaghetti Bolo. Nach dem Abendessen schaut er am TV den ihm zur lieben Gewohnheit gewordenen Donnerstagskrimi. Beim gemütlichen Abendessen hatten die drei Jungen ihm eine höchst freudige Überraschung bereitet.

Felicitas und ihre Freunde behandeln David als ihresgleichen. Tauchen, wie David amüsiert feststellt, meist dann zuhause im Dreierpack auf, wenn mit der Gegenwart der vielbeschäftigen und beruflich total absorbierten Delila nicht zu rechnen ist. David lacht sich ins Fäustchen. Felicitas, das raffinierte junge Ding schafft es, sich der Kontrolle und dem Diktat von Delila, die eine besorgte und sich um das Wohl ihrer Tochter mit Strenge kümmernde Mutter sein will, zu entziehen. Delila ist von ihrem Beruf so sehr beansprucht, dass sie ihre Pläne und Vorstellungen der wohlmeinenden Autorität bei Felicitas schlicht aus Zeitmangel nicht durchsetzen kann. Gut so, denkt David. Er staunt, wie die Jungen neben der Schule und ihrem Zuhause in der Regel in ihre eigenen, von den Eltern und den Alten abgeschotteten Welten abtauchen. Welches genau diese Welten sind und was sie dort treiben, behalten sie für sich. Erst wenn der Hunger sie plagt, kehren sie, mit etwas Glück, einsilbig und wenig erzählend zu den Mahlzeiten im engsten Familienkreis an den Esstisch und anschliessend in ihr Zimmer zurück.

David befindet sich diesen Jungen gegenüber in einer privilegierten Situation. Bei ihm als Zaungast und stiller Beobachter gehen sie aus sich raus. Er kann seiner Neugierde auf den Alltag der Jungen freien Lauf lassen. Auch die Jungen wollen Aufmerksamkeit. Selbst wenn diese

Aufmerksamkeit von Alten kommt und sie, die Jungen, gerne vor den Alten geheim halten würden, wie sie sich ihre Zeit vertreiben.

An diesem Abend beim Abendessen katapultieren Felicitas und ihre Freunde David in ein Hochgefühl. Aus heiterhellem Himmel sprühen die Drei in herrlich konzertierten Redeschwallen vor Begeisterung über Davids erst neulich veröffentlichten satirischen Gesellschaftsroman ‚Prickelndes Gesöff‘ über. Dabei übertrumpfen sie sich gegenseitig mit dem Nacherzählen von Passagen aus dem Roman, die sie beim Lesen besonders cool und krass gefunden hatten. David ist platt. Sein Herz hüpft vor Freude.

Nie hätte David eine solche Reaktion, und erst noch von jungen Menschen, erwartet. Er hätte sich nie träumen lassen, dass junge Menschen, selbst wenn sie Leseratten sind, sich für die Ergüsse eines alten Mannes wie ihn begeistern. Dass alle Drei Leseratten sind, weiss er von früheren Gesprächen. Obwohl sie auch Klassiker lesen und über die Neuerscheinungen von vor allem Schweizer Autorinnen und Autoren erstaunlich informiert sind, neigen sie wohl eher der fantastischen und Science Fiction Literatur zu. Nimmt er an.

Mit seinem neusten literarischen Erguss wollte er Felicitas nicht langweilen oder bedrängen. Er hatte ihr gegenüber das soeben erst veröffentlichte Buch weder erwähnt, noch ein Exemplar davon ihr geschenkt. Umso mehr freut ihn das heutige Geständnis von Felicitas, dass sie aus seinem im Zünd gehorteten Fundus an ‚Prickelndes Gesöff‘ zwei Exemplare heimlich gestohlen habe. Eines, um es selber zu lesen und dann an Clau weiterzugeben. Ein

Zweites, um es Basti zu schenken. Ob er es ihr übelnehme, dass sie ihn heimlich bestohlen habe?

Einerseits macht David kein Aufhebens um sein nach Jahren der schriftstellerischen Ebbe und erst noch im Selbstverlag veröffentlichten Romänchen. Es kommt ihm auch entgegen, dass die vielbeschäftigte Delila, keine Zeit fand und findet, um auf diese Buchveröffentlichung einzugehen. Selbstverständlich ist dieser satirische Gesellschaftsroman, der als Kern ihre, Delilas und seine, Liebesgeschichte beinhaltet, Delila gewidmet und er hat ihr auch ein Exemplar mit sehr persönlicher Widmung geschenkt. Sie hat sich, wie es ihre Art ist, bei ihm überschwänglich mit einer Flut von Küssen bedankt, ist aber rasch wieder, nüchtern, wie sie ist, in ihre Fachwelt eingetaucht und erwähnt aus Anstand von Zeit zu Zeit, sie sei noch immer nicht dazu gekommen, das Buch, das sie wahnsinnig interessiere', zu lesen, werde dies aber tun, sobald sie die notwendige Musse dazu finde. Entsprechend waren der Roman und dessen Veröffentlichung bei Mahlzeiten im Familienkreis bisher kein Thema gewesen.

Andrerseits hatte David für teures Geld fünfzig Exemplare des eigenen Buches gekauft. Einige wenige Exemplare hat er verschämt und mit leicht schlechtem Gewissen mit persönlichen Widmungen an engste Freunde und nächste Verwandte verteilt. Der grosse Rest der Bücher befindet sich noch immer im Zünd.

David hat also soeben, vom sanften Fernsehdusel noch leicht belämmert, den Fernseher mit der Fernbedienung ausgeschaltet und sich überrumpelt vom Schwung von Felicitas, Claudia und Bastian, die ihn nach den Worten von

Felicitas erwartungsvoll anstarren, aufgerappelt. Er grinst die Drei an. Gibt ihnen mit einem Blick zu verstehen, dass er ihnen in die Bude von Felicitas folgen wird. Dort angekommen, wird er geheissen, seinen Blick unter den vor Neugierde beinahe flammenden, auf ihn gerichteten drei Augenpaaren auf den Bildschirm von Felicitas' PC zu richten.

„Da, schau, Dave, was wir auf Facebook für dich gepostet haben …"

„Nein, Hilfe, verschont mich mit diesem unseligen Facebook, diesem Social Media Zeugs. Damit will ich nichts zu tun haben," entfährt es David spontan und ungewollt heftig. Sich gleichsam für seinen ungewollten Ausbruch entschuldigend, grinst er mit einer Grimasse und Schulterzucken die drei jungen Menschen an.

Felicitas grinst zurück und beginnt ruhig, doch eindringlich David zu belehren.

„Check endlich, Dave, dass heute in Sachen Marketing ohne Social Media nichts läuft. Ihr Alten müsst es endlich begreifen. Okay, du findest Werbung Scheisse. Doch dein ‚Prickelndes Gesöff' muss unter die Leute. Du hast mit diesem Roman etwas ganz Besonderes geschrieben. Du kannst stolz auf diesen Roman und auf dein schriftstellerisches Werk sein. Ob die Fachwelt dich zur Kenntnis nimmt oder nicht, ist scheissegal. Du brauchst dich um nichts zu kümmern. Wir Drei sind auf Social Media bestens vernetzt, haben unzählige Follower und ‚Freunde'. Wir wollen, dass dein Buch zu einem Bestseller wird. Du wirst sehen, du wirst noch deine blauen Wunder erleben, was wir mit, wie du findest, blöden Posts auf Facebook & Co. bewirken werden."

*Times have changed*
*And we've often rewound the clock*
*Since the Puritans got a shock*
*When they landed on Plymouth Rock,*
*If today*
*Any shock they would try to stem,*
*Stead of landing on Plymouth Rock,*
*Plymouth Rock would land on them*

*In olden days a glimpse of stocking*
*Was looked on as something shocking,*
*But now, God knows,*
*Anything goes.*
*Good authors too who once knew better words*
*Now only use four-letter words,*
*Anything goes.*

> *Cole Porter (1891 – 1964), Anything Goes, Musik und Liedtext, aus der gleichnamigen Revue, 1934*

# Vorspiel II.
## Felicitas Fröhlichs Facebook-Seite

Felicitas Fröhlich
23. Mai 2021 um 11.27
Lest diesen coolen Roman!

Krass, wie in dieser Geschichte die Leute aus dem eigenen Umfeld, die einem das Leben vermiesen wollen, so gezeichnet sind, dass man sich beim Lesen krumm lacht.

Sofort als Printbuch oder E-Book-Download kaufen!

Gefällt mir: 74 Klicks, 133 Kommentare, 18 Mal geteilt

Kommentare ansehen:

Erster Kommentar
Bastian Ursprung am 23. Mai 2021 um 12.17
Wow! Krass cool! Der Roman ist mega-geil.
Gefällt mir: 4 Klicks

Zweiter Kommentar
Claudia Wermelinger am 23. Mai 2021 um 12. 19:
Ohne Text. Emojis explodierendes Herz, klatschende Hände, lachendes Gesicht, explodierende Tischbombe.
*Gefällt mir: 4 Klicks*

Einundsiebzigster Kommentar

Leo Stelzer am 25. Mai 2021:

Werbung ist Werbung. Bevor mir nicht ein professioneller Kritiker oder Literaturwissenschaftler versichert, dass der Roman dieses Spassvogels tatsächlich gut ist, hüte ich mich, dieses Buch zu kaufen. Neben meiner mich fordernden beruflichen Tätigkeit und meinen diversen ehrenamtlichen Tätigkeiten fehlt mir schlicht die Zeit mich mit jedem Mist zu beschäftigen. Selbst wenn der Autor des Buches ein ehemaliger Kollege ist.

*Gefällt mir: 4 Klicks*

Erster Kommentar zu Leo Stelzers Kommentar vom 25. Mai 2021

Gregor Zünd am 15. Juli 2021 um 23.04

Endlich jemand, der es wagt, dem Geschwätz auf diesem widerlichen Medium mit wahren Feststellungen entgegenzutreten. … Widerlich, wie beliebige und schlechte Bücher von Spassvogel-Autoren den Markt überfluten, hochgejubelt werden, beim unkritischen, vergnügungssüchtigen Publikum ankommen, ein gutes Geschäft sind und die echt genial geschriebenen Romane aus dem Markt drängen. Eine verkehrte Welt.

*Gefällt mir: 1 Klick*

Zweiter Kommentar zu Leo Stelzers Kommentar vom 25. Mai 2021

Gregor Zünd am 31. Juli 2021 um 03.17

Vom Lesen und vom Kauf von diesem widerlichen Machwerk ,Prickelndes Gesöff' von diesem lächerlichen Autor, der sich todernst und verbissen als Spassvogel inszenieren will, damit scheitert und sich als einer outet, der nichts im Leben ernst nimmt und dem nichts heilig ist, muss dringendst abgeraten werden. Schlecht geschrieben, keine Spannung, durch und durch Schrott. Bezeichnend, dass ich das Buch in einem öffentlichen Bücherschrank aufgelesen habe, wo jemand es reingestellt hat, weil er es unbedingt wieder loshaben wollte. Ein Missgriff von mir, ein Versehen. Ich hatte ein bestimmtes, anderes Buch ergreifen wollen, Ein Hohn, dass der Literaturbetrieb solchen Schrott hochjubelt und auf die Bestseller-Listen schwemmt. Als genialer, doch verkannter Autor, der ich bin, schäme ich mich, dass der Geschmack der Leserinnen und Leser so schlecht ist. Ein Beweis für das Sprichwort, dass er Prophet im eigenen Land nichts gilt. In meinem Fall aber auch anderweitig keine Chance hat, weil hier die Leute zu verbohrt sind.

*Gefällt mir: 1 Klick*

*I'm an extra man, an extra man,*
*I've got no equal as an extra man,*
*I'm handsome, I'm harmless, I'm helpful, I'm able,*
*A perfect fourth at bridge or a fourteenth at table*

> Cole Porter (1891 – 1964), The Extra Man,
> Musik und Liedtext, aus der Revue Wake up
> and Dream, 1929

# Vorspiel III.
# David Keuner

*Tagebucheintrag, mit einem Cartier Panthère Füller und mit türkiser Tinte am Freitag, 29. Oktober 2021 ab 09.23 Uhr in kleinster, schwungvoller Handschrift auf ein 70 g/m2, 4 mm kariertes Blatt im A4 Format in die einzelnen Kästchen-Zeilen geschrieben und um 10.10 Uhr als Seite 3115 im mit ‚Dear Diary' beschrifteten Ordner abgelegt.*

29. Oktober 2021. Innerlich bin ich soeben explodiert. Äusserlich habe ich mir nichts anmerken lassen. Als auch meine geliebte Delila mich heute früh, kurz bevor sie sich in ihr Arbeitszimmer verkroch, einen **Spassvogel** genannt hat. Ich ertrage es nicht länger, von anderen als

**Spassvogel** gesehen zu werden. Ich will kein Spassvogel sein! Nein, nein, das will ich nicht! Jeder, der mich einen **Spassvogel** nennt, soll im Fegefeuer rösten. Verrückt, welcher Haufen an mich total irritierenden, an sich nebensächlichen, Zufällen mein hundsgewöhnlicher Alltag mir zuspielt! … Angefangen hat es mit diesem blöden Kommentar von Stelzer. Typisch Stelzer. Dieser grässliche Mister Pepsodent. Und erst noch in diesem unseligen Facebook. Das überhaupt nicht mein Ding ist. Halt, halt! Angefangen hat es bereits drei, vier Jahre früher. Wenige Monate nachdem Stelzer von den Behördenmitgliedern meines Amtes als Mitarbeiter angestellt und mir als Untergebener zugeordnet worden war, erkenne ich, dass Stelzer keine Verantwortung tragen, nicht entscheiden kann oder will. Daher für seinen Job denkbar ungeeignet ist. Gleichzeitig beginnen, die Mitarbeiterinnen und Mitarbeiter unseres Amtes sich über das stereotype Lächeln Stelzers mit den gebleckten weissen Zähnen lustig zu machen. Nennen ihn hinter seinem Rücken Mister Pepsodent. Mister Pepsodent stösst nach und nach sauer auf, dass ich bei den meisten Mitarbeiterinnen und Mitarbeitern beliebt bin. Während er mit seinem verkrampften und herablassenden Auftreten bei den Leuten einfach nicht landen kann. Dann wird mir von verschiedenen Seiten zugetragen, dass Mister Pepsodent hintenherum über mich erzählt, bei mir sei nicht alles Gold, was glänze. Ganz so lässig, wie alle mich sähen, sei ich nicht. Ich sei eben einer, der nichts im Leben ernst nehme. Ein **Spassvogel**. Das blöde Geschwätz machte mich wahnsinnig wütend. Quatsch! Ich hatte mich nicht einmal richtig geärgert. Um bei der Wahrheit zu bleiben, muss ich gestehen, dass ich bloss grinsend gedacht hatte, typisch, von diesem Neider ist nichts anderes zu erwarten. Sein gehässiger Kommentar über mich ist ein Zeugnis dafür, dass ich trotz allem als lässiger Typ bekannt bin und geschätzt werde. Dann, als Stelzer unser Amt längst verlassen hatte, irgendwann im Juni oder vielleicht sogar bereits im Mai diesen Jahres, springt mir plötzlich in diesem unseligen Facebook ein Kommentar Stelzers zu einem Post von Feli über meinen soeben erschienenen Roman ‚Prickelndes Gesöff' in die Augen. In seinem Kommentar nennt er mich erneut einen **Spassvogel**. Ausgerechnet einen **Spassvogel**. In diesem Kontext mit einer klar abschätzigen Note. Von einem mich abstossenden Mensch als Feind erklärt zu werden, zeichnet mich irgendwie aus, finde ich. Bereitet mir Genugtuung. Erheitert mich. Ich amüsiere mich überdies, dass ein mir unbekannter Gregor Zünd in einem ersten Kommentar zu Stelzers Kommentar mich als Autor mit bösen Worten runtermacht. Und etwas später in einem weiteren Kommentar nachdoppelt. Er will mein Buch aus einem öffentlichen Bücherschrank aufgelesen haben. Lässt keinen guten Faden dran. Ein totaler Verriss reizt mich mehr als Lobhudelei. Macht jemand sich die Mühe, so viel Gift zu verspritzen, muss was an diesem Stein des Anstosses dran sein. Wie heisst die verballhornende Redensart gleich wieder, vox populi vox Rindvieh! Unmerklich, beobachte ich, wie meine Vorbehalte gegen dieses Facebook schwinden. Es amüsiert mich, mich von Zeit zu Zeit zu informieren, wie die Facebook 'Freunde' von Feli, Clau und Basti auf deren Werbe-Posts für mein ‚Prickelndes Gesöff' reagieren. Überwiegend positiv. Ausser eben Stelzer und dieser ominöse Gregor Zünd. Der die Facebook-Nutzer glauben machen will, selber genialer, doch zum Schaden der Menschheit verkannter Autor zu sein. Dank dieser Werbe-Posts der Drei im Facebook haben sich sogar drei oder vier Exemplare meines Buches verkauft. Feli ist ein unternehmungslustiges, junges Ding und ich verstehe mich blendend mit ihr. Als mein Roman im Mai dieses Jahres herauskommt und im Buchhandel erhältlich ist, zeigt sie sich total begeistert davon. Nennt mich ganz von sich aus einen genialen Autor. Redet mir, die Kleine, ins Gewissen, stolz auf meine Werk und meine Autorenschaft zu sein! Ich sei ein toller Schriftsteller, der ein beachtliches Werk vorzuweisen habe. Sie mahnt mich, den Dingen nicht einfach ihren Lauf zu lassen. Ich müsse dringend etwas unternehmen, um ‚Prickelndes Gesöff' unter die Leute zu bringen. Die Kleine, die abgesehen davon mindestens fünf Zentimeter grösser ist als ich, redet mir, dem alten David, ins Gewissen. Und ich alter Trottel nehme mir ihre Worte zu Herzen. Wenn ich etwas verklickern wolle, und ich wolle doch meinen Roman verklickern, sonst hätte ich nicht das viele Geld aufwerfen müssen, um ihn zu veröffentlichen, dann laufe heute nichts ohne Social Media. Sie fügt noch an, alte Menschen wie ich, die noch Bücher lesen, seien meist bei Facebook. Sie handelt, zusammen mit ihren Kumpels Clau und Basti. Vorerst hinter meinem Rücken. Öffnet für sich einen Facebook-Account. Sucht nach Facebook-‚Freunden' in ihrem, meinem und Delilas Freundes-, Verwandten- und Bekanntenkreis. Befreundet sich auf Facebook mit unzähligen ‚Freunden' von ‚Freunden'. Hat im Nu Hunderte von ‚Freunden'. Dann schlagen sie los. In Posts preisen sie mein ‚Prickelndes Gesöff' an. Auch ich richte mir einen Facebook-Account ein. Damit ich schauen kann, wie sie mein Buch dort anpreisen. Und wie ihre Facebook-‚Freunde' ihre Posts kommentieren. Ich sehe mit Staunen, dass sie auf Facebook sogar mit meinem Intimfeind Stelzer ‚befreundet' sind. Feli rechtfertigt sich mir gegenüber damit, dass man beim Werben für ein Produkt keine falschen Berührungsängste haben dürfe. So nehmen die Dinge ihren Lauf bis an diesem ominösen Augustabend … Hier muss ich zur Verständlichkeit etwas einschieben.

Selbstverlag ist mein Ding, seit sich die Verlage vor Jahren plötzlich geweigert hatten, meine Werke zu veröffentlichen. Seit Mai ist mein im Selbstverlag veröffentlichter Roman ‚Prickelndes Gesöff‘ im Buchhandel erhältlich. Ich kaufe für teures Geld fünfzig Exemplare von ‚Prickelndes Gesöff‘. Verschenke sie an meine Liebsten, meine Freunde, Verwandten und Bekannten. Leicht beschämt. Weil man ja nie sicher ist, ob der eigene Schmarren etwas taugt. Und man befürchtet, dass er bei den Leuten womöglich nicht ankommt. Einzelne Rückmeldungen sind aufmunternd. Viele Personen reagieren nicht einmal auf das ihnen zugesandte Geschenk. Wie bereits ausgeführt, hält Feli diese meine Geste in Sachen Marketing für nicht ausreichend. Unter ihrer Regie kommt dann ja Facebook ins Spiel. Eine gute Freundin, Rosalie Frankenstein, ist ein Bücherwurm. Auch ihr verehre ich ein Exemplar meines Buches. Mit persönlicher Widmung. Stelle es ihr per Post zu. Obwohl ich sie seither einige Male sehe und spreche, lässt sie nie ein Wort über meinen Roman fallen. Zurück zum 12. August. Bei diesem gemeinsamen Nachtessen am 12. August im Certo nehme ich all meinen Mut zusammen und frage Rosalie Frankenstein, ob sie mein ‚Prickelndes Gesöff‘, das ich ihr anfangs Juni gesandt hatte, allenfalls nicht erhalten habe. Sie wehrt gleich ab. Nein, nein, sie habe das Buch erhalten und auch gelesen. Auf meine Frage, was sie davon halte, meint sie in einem beiläufigen Ton, der mich aufhorchen lässt, nun, der Roman sei gut. Sogleich wechselt sie das Thema. Ich halte mich nicht dafür nachzuhaken. Später erscheint Frank Kästlin auf der Terrasse des Certo. In Gesellschaft von zwei Personen, von denen ich weiss, dass sie auf der Kulturredaktion des Tagesanzeigers arbeiten, die ich jedoch nicht persönlich kenne. Frank bleibt kurz an unserem Tisch stehen. Stellt uns seine Begleitung nicht vor. Frank, Rosalie und ich wechseln ein paar Worte. Er erzählt, dass er von Lola Breitenstein erfahren habe, ich hätte einen Roman veröffentlicht und ihr als guter Freundin auch sogleich ein Exemplar, sogar mit persönlicher, handschriftlicher Widmung, geschenkt. Mein Roman interessiere ihn brennend. Er habe dann Lola gefragt, ob sie ihm das Buch ausleihe. Sie habe etwas verlegen herumgedruckst und dann erklärt, sie habe es bereits ausgeliehen. Er habe weiter nachgefragt und sie habe ihm zuletzt gestanden, sie habe das Buch in den öffentlichen Bücherschrank an der Stampfenbachstrasse gegeben. Zur Rechtfertigung hätte sie noch hinzugefügt, ihr Mann habe ihr strikte verboten, neue Bücher anzuschleppen, weil die Büchergestelle in ihrer Wohnung überquellen. Frank fügt dann noch an, dass ich als allseits bekannter **Spassvogel**, das Verhalten von Lola bestimmt mit Humor trage. Auf jeden Fall dürfe ich ihr nie sagen, dass er getratscht habe. Ob ich ihm ein Exemplar des Romans ausleihe? Ich verspreche, ihm mein Buch bei Gelegenheit zuzustellen. Mich ärgern die laue Reaktion von Rosalie, der Umgang von Lola mit meinem Buch und der fehlende Wille von Frank, sich das Buch, das normal im Buchhandel erhältlich ist und wenig kostet, käuflich zu erwerben. Wenn es ihn schon, wie er behauptet, so brennend interessiere. Zur Weissglut bringt mich, wie andere mich vor allen anderen einen **Spassvogel** nennen. Mit einem fetten Hahaha. Was die Leute denken, ist ihre Freiheit. Sobald sie ihre Gedanken äussern, ihre Gedanken in ihr Tun und Lassen fliessen, ist auch die Freiheit der anderen betroffen. Mag jemand meinen Roman nicht, okay. Kauft er ihn nicht, ebenfalls okay. Doch wenn ich hinter meinem Rücken oder auch ganz offen als **Spassvogel** herumgeboten werde, hört bei mir der Spass endgültig auf. Mit mir bin ich im Reinen. Doch meine Umwelt, ach! Werde ich als **Spassvogel** verhöhnt, wird mein Selbstbewusstsein angenagt.

Nicht nur als Autor. Auch als Mensch. Niemand scheint mich ernst nehmen zu wollen. Niemand scheint sich auf das, was mich bewegt, einlassen zu wollen. Ich bin der immer fröhliche Mensch, der Spassvogel, den alle gerne mögen, solange er keine eigenen Forderungen stellt. Das fünfte Rad am Wagen. Wenn andere etwas von mir wollen, dann erinnern sie sich an mich. Ich bin der perfekte Lückenbüsser. Frei nach Cole Porters wundervollem Song „The Extra Man" aus dem Jahr 1929. Ich fühle mich als Witzfigur, vom nachhallenden Gelächter aus allen Seiten erschlagen. Möchte ich tierisch ernst genommen werden? Als der grosse Autor gefeiert werden? Pfui Teufel, nein! Den Ruhm suche ich nicht. Meine Lust ist es, im stillen Kämmerlein dem innern Drang und einer Notwendigkeit folgend zu schreiben. Doch dann ist man ja auch irgendwie gespannt zu erfahren, was andere davon halten, was man sich austüftelt, bedenkt, zuerst mit dem exquisiten Füller in türkiser Tinte niederschreibt und anschliessend in den Computer tippt. Die irritierenden Reaktionen meiner Lieben und Freunde auf mein Geschreibsel treffen mich zu tiefst. Ich trete an die Öffentlichkeit mit etwas, das mir wichtig ist. In dem mein Herzblut steckt. Dabei kann ich mir nie sicher sein, wie meine Werke auf die winzige Leserschaft im Allgemeinen und konkret wirken. Ich befürchte, mich mit dem, was ich zeige, lächerlich zu machen. Ich zweifle also, ob ich meinem Unterfangen genüge. Ob es nicht eine Anmassung ist, dass ich mit meinen Werken an die Öffentlichkeit trete und mich Autor schimpfe. Ich habe nicht die geringste Resonanz aus der Fachwelt. Ich habe diesen letzten Roman im Selbstverlag, ohne Beizug von Fachleuten, ohne Lektorat oder Korrektorat veröffentlicht. Die Verkaufszahlen des Buches sind lächerlich. Lassen sich beinahe an einer Hand abzählen. Solche und ähnliche Gedanken nagen an mir. Drangsalieren mich.

Obschon ich mir einrede, auf Applaus zu pfeifen, so ganz ohne Applaus geht es nicht. Es braucht Mut, mit einem Werk an die Öffentlichkeit zu treten. Wagt man diesen Schritt, kann man durchaus stolz darauf sein. Ich bewundere die Sprayer mit ihrer Street Art. Der Schritt an die Öffentlichkeit beweist Selbstbewusstsein. Doch dann schielt man eben doch danach, verstohlen, wie viele Hände applaudieren. Und bleibt der Applaus aus, dann - . Verflixt und zugenäht, weshalb bloss lechze ich nach Lob. Das scheinheilig und verlogen sein kann. Weshalb bloss ist mir der allfällige Schein eines Lobs wichtiger, als das Werk, das den Meister lobt und aus Notwendigkeit geschaffen wird. Junge, Junge, schreibe es dir hinter deine Ohren: das Sein ist wichtiger als der Schein. Mit Applaus schwellt die Brust des Autors bis zum Platzen. Ohne Applaus, oder mit bloss wenig Applaus, ist das Leben des Autors auch nicht ohne. Ich bin Autor. Das habe ich endlich kapiert. Auch und gerade dank Felis Ermahnung. Die Balsam auf meine wunde Seele war. Und ich schäme mich nicht, Autor zu sein. Doch den Bogen gibt mir in neuster Zeit regelmässig dieser mir an den Kopf geworfene **Spassvogel**. Der mich zur Witzfigur degradiert. Mein Alltag verkommt zur Realsatire. Wo bleibe ich da als Autor von fetten Satiren?!!!! Wie heute früh, als ich innerlich spontan explodiert bin. Delila beteuert mir täglich, wöchentlich monatlich, und ausgerechnet auch heute, wie sehr sie sich auf die Lektüre von ‚Prickelndes Gesöff' freue. Sobald sie zum Lesen die notwendige Ruhe und Musse finde. Bei ihrer Hyperaktivität wird dieser Fall niemals eintreten, fährt es mir total enttäuscht durch den Kopf. Wenn sie wenigstens schweigen würde! Doch nein, sie reibt es mir immer unter die Nase, dass sie Wichtigeres zu tun hat, als meinen Roman, den ich ihr gewidmet habe, endlich zu lesen. Obschon der Roman kurz ist. Bloss 211 Seiten umfasst. Heute, zum ersten Mal, verhehle ich ihr meine Enttäuschung nicht. Ich lasse wie nebenher in parodierendem Tonfall fallen, ja ja ja. Und setze dazu eine echt traurige Miene auf. Delila schaut mir ins Gesicht. Anstatt ernsthaft auf meine aussagekräftige Reaktion ihrerseits zu reagieren, grinst sie, tätschelt mir eine Wange und lässt fallen, du bist mein **Spassvogel**. Der ultimative Knockdown! Dass selbst meine Liebste mich als Witzfigur sieht! Das bringt das Fass zum Überlaufen. Kaum hat sich Delila wieder in ihren Computer verkrochen, kommt zu allem Elend noch der Kommentar von Feli, die zufällige Zeugin dieses Vorfalles geworden war. Sie wirft in aller Unschuld hin, ändere deinen Namen auf Facebook von deinem tatsächlichen Namen auf **Spassvogel**! Mein Herz steht beinahe still. Der Menschheit ganzer Jammer kracht mir auf meine Seele. Jetzt ist es an mir, mich augenblicklich wortlos und beleidigt abzuwenden und mich in mein Tagebuch zu verkriechen. Den Füller zu ergreifen. Mir mein Elend von der Seele zu schreiben. Frank, der im Verlagswesen tätig ist, zeigt nur laues Interesse an meinem Erstlingswerk und würde trotz seiner Vernetzungen und Beziehungen keinen Finger rühren, um meinem neusten Buch etwas Schub zu verleihen. Dann Rosalie. Und Lola. Erst recht Delila. Und jetzt auch noch Feli. Diese Reaktionen stechen in mein Herz. Alle halten mein Schreiben für Dilettantismus. Der nicht ernst zu nehmen ist. Diese alle können mich mal! Wenn ich's mir genau überlege, hält sich meine Verletztheit durchaus in Grenzen. Vielmehr ist diese Gegebenheit für mich die Manifestation eines Phänomens, das in mir ein kynisches Höllengelächter auslöst. Und jetzt, wo ich im Gedankenfluss heiter und gelassen rauslassen kann, was mich irritiert und mir immer wieder aufstösst, löst sich die Verkrampfung in mir. Die Entspannung erheitert mich und ich bin unversehens schnitzeldrauf. Nachdem zuvor dunkelste Sorgenwolken auf die Stimmung gedrückt und jegliche Heiterkeit verbannt hatten, scheint jetzt die Sonne. Ich habe die Nase endgültig voll. So zufrieden ich mit meinem Leben sein kann, die Irritationen nagen und quälen. Ich will reagieren. Mein Entschluss steht fest: Ich will mein Leben ändern! Ich muss es tun. Memento mori, heiter und gelassen. Jetzt ist endgültig Schluss! Punctum!

*Le roman naît en même temps que l'esprit de révolte et il traduit, sur le plan esthétique, la même ambition.*

Albert Camus (1913 – 1960), *L'homme révolté, Gallimard 1951, Seite 310*

# Vorspiel IV.
## Felicitas Fröhlichs Facebook-Seite

Felicitas Fröhlich

1. November 2021 um 11.27

David Keuner, Dave, ist seit zwei Tagen verschwunden. Hat jemand ihn gesehen oder Kontakt mit ihm gehabt? Mami ist so beschäftigt, dass sie sein Verschwinden noch nicht bemerkt zu haben scheint. Als ich ihr die Ernsthaftigkeit der Situation klar zu machen versuche, meint sie schnippisch, Männer haben nun mal die Angewohnheit, das Haus unter dem Vorwand zu verlassen, bloss mal im Kiosk um die Ecke Zigaretten zu holen, und dann wegzubleiben. In der Regel würden sie spätestens dann wieder auftauchen, wenn sie Hunger haben.

*Darunter das Foto von einem mittelalterlichen, gut aussehenden Mann, David, der in die Kamera schaut und seinen Arm um die Schulter einer sehr hübschen jungen Frau hält, die ihn von der Seite her anschaut. Feli. Beide lachen.*

*Gefällt mir: 3 Klicks. 12 Kommentare, 18 Mal geteilt*

Kommentar von Leo Stelzer am 2. November 2021:
Macht Euch keine Sorgen um ihn. Unkraut verdirbt nicht.
*Gefällt mir: 0 Klicks*

Kommentar von Gregor Zünd am 2. November 2021:
Es ist nichts als recht, wenn dieser windige Autor endlich vom Erdboden verschwunden ist. Typen wie er haben auf dieser Welt nichts verloren.
*Gefällt mir: 0 Klicks*

Kommentar von Leo Stelzer am 7. November 2021:
Als ich am 1. November nach einer Aufführung der Oper Salome im Opernhaus und einem anschliessenden Souper im Bernadette gegen Mitternacht durchs Arboretum am Zürichsee nachhause ging, wurde ich Zeuge, wie ein Mann einen anderen Mann richtiggehend hinrichtete, mit einem Schuss aus einer Pistole niederstreckte und die Leiche im See versenkte. Ich bin so geschockt und hatte auch so viel um die Ohren, dass ich meine Beobachtung bisher der Polizei noch nicht mitgeteilt habe. Das Opfer, so schien mir vage, könnte David Keuner sein. Zu sehen, wie ein guter Freund ein so furchtbares Ende nehmen muss – schrecklich!
*Gefällt mir: 0 Klicks*

> Kommentar von Gregor Zünd vom 8. November 2021 zu Leo Stelzers Kommentar:
> Ich habe den Mann in Notwehr mit der Pistole niedergestreckt und seine Leiche im See versenkt! Nun weiss ich, dass mein Opfer dieser windige Autor David Keuner ist.
> *Gefällt mir: 0 Klicks*

*Die Idealität ist irreell; sie ist aber — als Objekt oder als Gedachtsein.*

*Jacques Derrida (1930 — 2004), Die Schrift und die Differenz, suhrkamp taschenbuch wissenschaft 1976, Seite 203*

# Vorspiel V.
# Amtliche Verlautbarung

*Meldung in der Tagespresse, in Radio und Fernsehen vom 8. November 2021.*

Vermisst wird seit Samstag, 30. Oktober 2021 Keuner David, 46 Jahre, 1 Meter 72, braune, locker fallende Haare, Brillenträger. Angaben über den Verbleib des Vermissten werden erbeten an die Stadtpolizei oder den nächsten Polizeiposten.

*Der Mitteilung beigefugt ist in den Printmedien und am Fernsehen ein gut getroffenes Brustbild vom vergnügt fröhlichen David Keuner.*

*Ja; mach nur einen Plan*
*Sei nur ein grosses Licht!*
*Und mach dann noch'nen zweiten Plan*
*gehn tun sie beide nicht.*
*Denn für dieses Leben*
*ist der Mensch nicht schlecht genug:*
*Doch sein höh'res Streben*
*ist ein schöner Zug.*

*Bert Brecht (1881 – 1956), Das Lied von der Unzulänglichkeit (1928)*

# Vorspiel VI.
# SMS

*Die Nachricht von Miri Stöckli an Detektiv Sepp Pfund vom 9. November 2021 um 17.53 Uhr.*

Sepp, wenn Du Dich stur weigerst, meinen Anruf entgegenzunehmen, dann halt diese SMS. Du kannst Dich Deinen Pflichten nicht entziehen. Wir haben eine Leiche. Das heisst, die Leiche haben wir nicht wirklich. Nachdem letzten Freitag eine Vermisstenanzeige aufgegeben worden war, meldet sich heute früh ein Mann bei der Polizei, der angibt, diesen Vermissten in Notwehr erschossen zu haben. Nun schaufelt die Polizei uns diesen Fall und die dazugehörigen Akten rüber. Es habe sich erhärtet, dass es sich nicht bloss um eine Vermisstenanzeige handelt, doch mit grösster Wahrscheinlichkeit ein Verbrechen vorliegen könnte. Du solltest nullkommaplötzlich herausfinden, wer der Mörder ist. Das heisst, der Mörder ist ja bekannt. Er ist geständig. Doch kennt man den Vorfall bisher lediglich aus seiner Perspektive. Viel Spass beim Ermitteln. LG Miri.

*Heinrich Heine war einer der letzten Autoren der klassischen Aufklärung, die in offener Satire das Recht der Ideologiekritik auf „gerechte Grausamkeit" literarisch verfochten haben – und die Öffentlichkeit ist ihm hierin nicht gefolgt.*

*Peter Sloterdijk, Kritik der zynischen Vernunft. Erster Band. edition suhrkamp1983, Seite 55*

# Das Spiel:
# Sepp Pfund,
# wie er leibt und lebt und sich
# mit seinem neusten Fall
# herumschlägt

*Rainer Bressler, Ohne Titel, Aquarell, ohne Jahresangabe*

*Für uns alle gilt, dass wir im Spiel der Zufälligkeiten mitspielen. Umso mehr hängt unsere Position davon ab, dass wir offen dafür sind, zu fragen, woher sie stammt.*
*Amia Srinivasan (geboren 1984, Philosophin) in „Was ist Sex?", Gespräch mit Elisabeth von Thadden, Die Zeit vom 10. Februar 2022, Sinn & Verstand, Seite 55*

# Heimspiel

Wenn Sepp Pfund etwas hasst, dann sind es diese gewissen, zwar seltenen, doch immer wieder ihm von seiner besser Hälfte Hulda am Morgen, sobald er zur Arbeit aufbrechen will, erteilten Aufträge. Wo er so bequem in der Stadt arbeite und die Migros ganz in der Nähe seines Arbeitsplatzes sei, könne er ihr am Abend noch dies und das nachhause bringen. Als eine Frohnatur kann er den Widerwärtigkeiten im Alltag mit heiterer Gelassenheit begegnen, die ihn ein langes Leben und ein bald seinem Ende zuneigendes Berufsleben gelehrt haben. Daneben aber geht er seine oft blutigen Fälle im Arbeitsalltag mit dem notwendigen Ernst an. Er liebt seinen Job. Er ist ihm eine Herzensangelegenheit. Und seine langjährige Sachbearbeiterin, Miri Stöckli, ist goldrichtig. Sie hält ihn, selbst wenn er ausser Haus ist, wie gestern, immer auf dem Laufenden. So kann er sich, nach ihrer SMS-Mitteilung von gestern Abend, auf die Grundzüge des in seiner nachmittäglichen Büro-Abwesenheit neu hereingeflatterten Falles seelisch vorbereiten. Auf den ersten Blick scheint der Fall beinahe gelöst. Doch solche scheinbar klaren Fälle haben es oft in sich. Und der Abstecher in die Migros nach Feierabend, sei's drum! Pfund mault nicht rum. Er schickt sich in die Zufälle, wie sie ihm zuzufallen belieben.

Miri Stöckli ist bereits im Büro, als Sepp Pfund eintrifft, mit raschem Handgriff seine Covid-Pandemie bedingte Gesichtsmaske entfernt und in seiner Jackentasche verstaut. Nach einer kurzen Begrüssung hält sie ihm einen Aktenbündel vor die Nase. Mit einer Grimasse, die besagt, dass er sich nun mit diesem Papierkram Vergnügen solle.

„Viel Spass bei der Beschäftigung mit David Keuner, dem Opfer, und Gregor Zünd, dem Mörder. Keine Sorge, ich erlaube dir, meinem Chef, trotz strenger Pandemie-Regeln dieses uns neu zugeflogene Aktenbündel ohne Maske zu studieren. Wir haben zwar Respekt vor Corona, scheissen jedoch nicht aus Furcht in die Hose. Ein gutgemeinter Rat, sorge dafür, dass endlich die Leiche von Keuner auftaucht, sonst haben wir keine Leiche," wirft sie ihm grinsend hin, ihren Blick auf ihn gerichtet, um mitzubekommen, wie er auf das von ihr Gesagte reagiert.

„Stimmt. Gregor Zünd. David Keuner. Diese Namen stehen hier in den Akten."

„Keuner. Sagt dir dieser Name nichts?"

„Sollte mir dieser Name etwas sagen. Schiess schon los! Wie dir hinlänglich bekannt sein dürfte, habe ich dieses ominöse Alter kurz vor der Pensionierung erreicht, in dem häufig Demenz einsetzt."

„Wir kennen Keuner."

„Wir?"

„Keuner ist ein Arbeitssklave von deinem Kumpel Harry und war doch …"

„Stimmt! Miri, was würde ich ohne dich und dein phänomenales Gedächtnis machen! David Keuner war doch neulich hier gewesen wegen Akteneinsicht in eine bei uns laufende Strafuntersuchung, deren Protagonisten auch in ein Verfahren verwickelt waren, das auf seinem Amt hängig ist. Ein lässiger Typ. Wir hatten uns doch bestens verstanden. Waren dann in unserer Nachmittagspause anstatt mit den anderen zusammen in unsere Cafeteria auf einen Kaffee mit David – wir hatten uns doch spontan geduzt – ins Baradox zu einem Pastis gegangen."

„Sein Foto siehst du auf der Vermisstenanzeige von gestern im Tagi."

„Richtig. Das ist er! Bevor ich ins Untersuchungsgefängnis abhaue, um mir diesen Gregor Zünd vorzuknöpfen, muss ich unbedingt Harry anrufen. Hoffentlich ist er im Büro und frei, um sich kurz über Keuner und dessen Umfeld ausquetschen zu lassen."

Als alter Hase versteht Sepp Pfund es aus dem FF die Leute über das, was er unbedingt wissen will, auszutragen. Ohne den konkreten Anlass preiszugeben, der zu den wie beiläufig gestellten Fragen geführt hat. Vor Jahrzehnten war Sepp Pfund noch Polizist gewesen. Hatte Patrouille gefahren in der Stadt. Damals war ihm der junge Polizist Harry Kilmer für kurze Zeit zugeordnet gewesen. Sie hatten perfekt zusammengearbeitet, hatten sich blendend verstanden und angefreundet. Harry, nicht einmal ganz zehn Jahre jünger als Pfund, hatte beruflich Höheres im Kopf. Hängte den Polizistenberuf bald schon an den Nagel. Machte in der Politik Karriere und wurde vom Volk vor wenigen Jahren zum Behördenmitglied im hohen Gebirgsrat gewählt.

Wo auch das Opfer, David Keuner, arbeitet oder gearbeitet hat. Harry ist damit, wie Pfund weiss, einer von Keuners Vorgesetzten. Pfund befürchtet, dass es ihm nicht gelingen wird, sich über den Grund seines Anrufs beim immer bestens über das an die Öffentlichkeit gelangende Geschehen informierten Harry bedeckt zu halten.

Pfund hat Glück mit seinem Anruf. Er bekommt Harry über dessen direkte Büronummer auf dem Festnetz an den Draht. Nach wenigen Begrüssungsfloskeln unter alten Kumpels fragt Pfund wie beiläufig, ob Harry ihm etwas zu David Keuner sagen könne. Total verblüfft nimmt Pfund wahr, wie er zu hören glaubt, dass Harry abrupt tief Atem holt. Wohl vor Schrecken. Scheinbar hat es Harry kurz die Sprache verschlagen. Bevor er mit dumpfer Stimme hervorpresst, „Dann ist es also wahr!"

„Was soll wahr sein?"

„Dass Zünd David – ich kann es kaum denken und aussprechen – getötet hat?"

„Heiliger Strohsack, mir sind die Akten für diese Untersuchung eben erst auf den Schreibtisch geflattert und du weisst bereits alles… Entschuldige meinen ungehörigen Ton!"

„Facebook."

„Facebook?!!!"

„Also, Feli ruft mich letzten Samstag … Feli, Felicitas Fröhlich, ist die 18-jährige Tochter von Delila aus ihrer geschiedenen Ehe. Sie besucht die Kantonsschule Freudenberg. Ach ja, Delila Fröhlich ist die Lebenspartnerin von David. Sie ist eine total erfolgreiche und vielbeschäftigte Frau. Professorin für irgendetwas, was weiss ich. Hält Vorträge überall, auf der ganzen Welt. Hat unzählige Projekte überall. Ist oft in Talkshows. Feli, Delila und David wohnen zu Dritt gemeinsam an der Neptunstrasse in dieser luxuriösen Wohnung, die Delila gehört. Feli also ruft mich am letzten Samstag total aufgelöst an und sagt mir, auf Facebook habe Leo – Leo Stelzer – soeben in einem Kommentar zu ihrem neusten Post geschrieben, dass er gesehen habe, wie David im Arboretum am Zürichsee in der Nacht vom 1. November erschossen worden sei. Unmittelbar danach habe ein Gregor Zünd in einem Kommentar zu Stelzers Kommentar auf Facebook erklärt, er habe David in Notwehr erschossen. Ich versuche noch, Feli zu beruhigen. Erkläre ihr, dass Social Media zum grössten Teil aus Fake News bestehen. Windige Typen sich mit Aufschneidereien zu brüsten suchten. Es gelingt mir, Feli runterzuholen. Am Schluss ist auch sie beruhigt. Und nun untersuchst du in diesem Fall. Schrecklich. Ich kann es nicht glauben. Angefangen hatte alles, ja, nicht gerade harmlos, doch … Also für mich beginnt die ganze Geschichte letzten Montag. Ich hatte fest damit gerechnet, David auf dem Amt in einer dienstlichen Angelegenheit im Büro zu sprechen. Er ist nicht in seinem Büro. Was nicht weiter erstaunlich ist. Wegen der Pandemie empfiehlt die Regierung auf allen Amtsstellen, wenn immer möglich, Homeoffice. Ich versuche ihn telefonisch auf seinem Handy und auch auf dem Festnetz zuhause zu erreichen, erfolglos. Von den Wenigen, die auf dem Amt rumgeistern, weiss niemand, wo David verblieben ist. Ich müsste ihn dringend sprechen. Jemand erinnert sich, wie David vor kurzem erzählt habe, in einer Zeitung einen Artikel über fantastische Street Art in bestimmten Pariser Quartieren gelesen zu haben und daraufhin mit dem Gedanken gespielt hatte, eventuell mal kurz nach Paris zu reisen und zu schauen. Du musst wissen, David ist ein Fan und Experte in Sachen Graffiti und Street Art. Auch wird gesagt, der Präsident des hohen Gebirgsrats habe David neulich ermahnt gehabt, seine Überzeit endlich zu kompensieren. Reisen nach Frankreich seien ja möglich und Street Art könne man, wenn allenfalls auch maskiert, überall bestens nachgehen. Die Mitarbeiterin der Telefonzentrale berichtet dann auch, Felicitas, die Tochter von, nein, die Stieftochter, Quatsch, die Tochter der Lebenspartnerin von David, Delila Fröhlich, habe angerufen, um nachzufragen, ob David im Büro aufgetaucht sei. Felicitas sei sehr besorgt gewesen, habe dann aber die Hypothese mit dem Paris-Reislein einleuchtend gefunden. Am Freitag dann bekomme ich einen Anruf von Delila. Sie ist total aufgeregt. Ausser sich. Sie kann kaum zusammenhängend sprechen. Was bei ihr, der sonst so Überlegenen und Kontrollierten, ausserordentlich ist. So kenne ich diese sonst so selbstsicher auftretende Frau nicht. Sie stottert mühsam, unter Tränen, hervor, sie habe erst soeben das Tagebuch von David entdeckt. Darin habe er klar geschrieben, memento mori, jetzt ist endgültig Schluss, Punctum. Bestimmt habe er sich umgebracht. Zuvor habe sie sich keine Sorgen gemacht. David neige zu Spontanentscheiden. Daher habe sein Verschwinden sie nicht beunruhigt. Insbesondere mit der Vorstellung des Paris-Reisleins. Das habe eingeleuchtet. Doch nun, sie sei ganz aus der Fassung. Ich rate Delila, jetzt aber dringend bei der Polizei eine Vermisstenanzeige zu machen. Mit einem Foto von David. Die Vermisstenanzeige kam ja dann gestern in den Medien. Ich bin total schockiert. Es ist so schrecklich. Ist Delila bereits informiert?"

„Nein. Der Fall wurde uns erst gestern Abend zur Untersuchung überwiesen. Du bist die erste Person, die ich kontaktiere. Halte bitte dicht. Ich werde dich informieren, sobald ich mehr weiss. Kannst du mir David beschreiben? Kennst du Stelzer? Zünd? Wie David mit ihnen … ?"

42

„Mir ist bekannt, dass David dich einmal an deinem Arbeitsplatz aufgesucht hat. Er hatte mir damals berichtet, dass er wegen einer Akteneinsicht bei dir gewesen war. Er hatte geschwärmt davon, was für ein lässiger Typ du bist. David ist ja auch ein total lässiger Typ. Kein Wunder, dass ihr euch blendend verstanden hattet. David ist eben schon ein spezieller Typ. Sympathisch, gut aussehend, nicht sehr gross. Im Grunde durchschnittlich, doch wegen seiner Neugierde und wegen seines Charmes und weil er zuhören kann, ist er ein Liebling der Frauen. Kein aggressiver Macho-Typ. Genau das Gegenteil. Daneben ist er ein lustiger Vogel. Er überrascht dich, uns alle immer wieder mit erstaunlichen, zum Teil verrückten Gedanken und Ideen. Unkonventionell und fantasievoll. Meist fröhlich. Doch kann er auch ganz schön schimpfen, wenn er mal wütend ist. Dann vergisst er sich selber und schreit schamlos, frech, beleidigend in der Gegend herum, dass einem wind und weh werden kann. Wobei, und das ist das total Sympathische, wenn diese Anfälle vorüber sind, ist er wieder fröhlich und aufgeräumt wie zuvor. Entschuldigt sich für sein Verhalten. Er schäme sich, dass er sich lächerlich gemacht habe und die Kontrolle über sich verloren habe. Ich verstehe mich neben dem Beruflichen auch im Privaten blendend mit ihm. Er ist immer interessiert, was ich politisch treibe, und erzählt mir im Gegenzug, was sich bei ihm in kultureller Hinsicht tut. Es hatte sich schon lange herumgesprochen gehabt, dass David schreibt. Schriftsteller ist. Diesen Frühling hat er den Roman ‚Prickelndes Gesöff' veröffentlicht. Ein total schräger, überdrehter, satirischer Roman, der, wenn man auf solches Zeugs steht – und ich lese solches Zeugs gerne – total unterhaltsam und spannend ist, ein riesiges Lesevergnügen. Ich muss dir das Buch mal ausleihen. Er wird dir gefallen. Und fachlich, als Jurist auf dem Amt, du, ich finde ihn super.

Der Ehrlichkeit halber muss man eingestehen, dass wir Behördenmitglieder im Grunde bloss absegnen und beschliessen, was uns unsere, vor allem juristischen Mitarbeiter, pfannenfertig vorbereiten. Wir beziehen den grossen Lohn und sie machen die Arbeit. Weil zwischen David und mir die Chemie so total stimmt, bespricht er die Entscheide, die er für uns, die Behörde, vorbereitet, vorgängig oft mit mir, um auch sicher zu sein, dass er mit seinem Entwurf bei der Behörde nicht einen Schuh voll rauszieht und abschifft. Für mich ist es ein Geschenk, dass er keinen beruflichen Ehrgeiz zeigt, bei uns bleibt, nicht Karriere machen will. Ihm ist das Schreiben wichtiger als Geldverdienen. Unsere wirklich gute Zusammenarbeit hat dazu geführt, dass wir je nach Lust und Laune dann und wann mal nach Feierabend ins Certo gehen auf eine, zwei oder mehrere Stangen Bier. Da erzählen wir uns auch Privates. Zufällig stösst auch dann und wann Belinda dazu, deren Zeitungsredaktion ja um die Ecke vom Certo liegt. David kennt also Belinda. Weiss, mit wem ich mein Leben teile. Weil wir uns öfter auch an Anlässen begegnen, habe ich auch Delila und sogar Felicitas persönlich kennengelernt. Unfassbar, dass ausgerechnet eine solche Lichtgestalt … ! Leo Stelzer – du hast mich auch nach ihm gefragt. Ihn könntest du durchaus kennen, aus den Medien."

„Der Name sagt mir nichts."

„Stelzer war vor ein paar Jahren für nicht ganz eine Amtsperiode Gemeinderat gewesen."

„Ach, von denen gibt es so viele!", wirft Pfund ein.

„Ein Politiker also. Kurz bevor Stelzer in den Gemeinderat gewählt worden war, hatte er eine Stelle als Jurist beim hohen Gebirgsrat angetreten und war Keuner unterstellt gewesen. Keuner hatte sich sehr viel Mühe gegeben, Stelzer einzuarbeiten. Doch Stelzer, von den

44

Mitarbeitern hinter seinem Rücken Mister Pepsodent genannt, kam trotz seines sterilen Pepsodentlächelns und auch wegen seiner Überheblichkeit einfachen Angestellten und Frauen gegenüber bei den Mitarbeiterinnen und Mitarbeitern nicht gut an. Und leistete selbst nach der Einarbeitungszeit mangelhafte Arbeit. Im Team in unserem Amt wurden die beiden zu zwei Polen, der allseits beliebte Keuner und der von allen misstrauisch beäugte Stelzer. Der Haken an der Sache war nun, dass Keuner sehr rasch mitbekam, dass Stelzer seine Aufgaben bloss mangelhaft erledigte, weil er sich nie entscheiden konnte. Entscheiden zu können ist das A und O in dieser juristischen Tätigkeit. Hinzu kam, dass er kaum Zugang zu seinen Klienten und Ansprechpartnerinnen und Ansprechpartnern von anderen Ämtern fand. Für die Tätigkeit in seinem Job denkbar ungeeignet war. Dann kam Keuner ihm zufällig auf die Schliche, dass er bei der elektronischen Zeiterfassung immer wieder mogelte und während der Arbeitszeit immer wieder private Angelegenheiten erledigte. Die berechtigten und notwendigen Rügen Keuners bezeichnete Stelzer als Mobbing. Stelzer hatte sich inzwischen mit Bewilligung unserer Amtsleitung und des Personalsekretariats als Kandidat für den Gemeinderat aufstellen lassen und zum Erstaunen aller die Wahl geschafft. Hatte dabei wohl mit seinem Pepsodentlächeln, das gewissen Wählerinnen und Wählern eingefahren ist, seinen altbewährten, sehr beliebten und umtriebigen Parteikollegen mit wenigen Wählerstimmen ausgestochen und nach erfolgreichen Jahren als Gemeinderat aus dem Gemeinderat rausgeworfen, auf den ersten Ersatzplatz verwiesen. Keuner schilderte die Unregelmässigkeiten Stelzers dem Präsidenten des hohen Gebirgsrats und beantragte, dass Stelzer gekündigt werde. Der Präsident fand das Verhalten Stelzers ungehörig.

Weigerte sich aber ohne Kommentar, eine Kündigung auszusprechen. Für uns alle im Amt war klar, dass unser lieber Präsident es nicht wagen wollte, einen Parteikollegen, selbst wenn er ihn nicht mag und er für das Amt unbrauchbar, eine Hypothek ist, zu feuern. Dann aber kam die Hand des Schicksals ins Spiel. Stelzers Partei merkte sehr bald, dass Stelzer als Gemeinderat den Anforderungen nicht genügte und die Partei zu wenig oder überhaupt nicht angemessen repräsentierte. Die Parteileitung fasste den Plan, Stelzer aus dem Gemeinderat zu entfernen und den altbewährten Vorgänger von Stelzer, der während Jahren ein prima Aushängeschild der Partei im Gemeinderat gewesen war und immer gehörig und sachlich gerechtfertigt auf die Pauke hatte hauen können, als ersten Ersatzkandidaten wieder im Rat zu haben. Der Zufall wollte es, dass im städtischen Tiefen Talrat ein Behördenmitglied aus eben dieser Partei  zurücktrat und eine Vakanz mit einem gefestigten Anspruch dieser Partei bestand. Die Partei nun hievte Stelzer in dieses Amt. Gleichzeitige Mitgliedschaft in einer städtischen Behörde und im Gemeinderat ist nicht vereinbar. Da Stelzer als Behördenmitglied in ein städtisches Amt gewählt wurde, musste er aus dem Gemeinderat zurücktreten und seinem Vorgänger wieder Platz machen. Gleichzeitig war der Hohe Gebirgsrat das Problem Stelzer los. Vom gewöhnlichen Juristen bei uns zum Behördenmitglied  beim Tiefen Talrat bedeutet einen gewaltigen finanziellen und Prestigegewinn. Der Kamm Stelzers schwoll gewaltig an. Keuner machte aus seiner Freude kein Hehl. Auch nicht aus der Schadenfreude, dass Stelzer als Behördenmitglied beim Tiefen Talrat, wie man munkeln hört, eine schlechte Figur macht. Entschuldige, dass ich so weit ausholte. Doch das Zusammenspiel von Parteipolitik und der Besetzung von Ämtern in Behörden nimmt bisweilen groteske, satirische Formen an. Du siehst also, Keuner hat einen dezidierten Feind, Stelzer."

„Spannende Geschichte, Harry. Diese realistische Polit-Satire ist an mir vorbeigegangen. Kennst du zufällig auch Gregor Zünd?", fragt Pfund weiter.

„Gregor Zünd soll eine total schräge Nummer sein. Ich kenne ihn nicht. Bin ihm nie begegnet. Doch meine liebe Belinda ist mit Solange Cadeux, der geschiedenen Ehefrau Zünds bekannt."

„Aha, Scheidung. Interessant", lässt Pfund dazwischen fallen.

„Die Scheidung soll locker über die Runden gegangen sein. Doch hat Belinda immer wieder erwähnt, wie unmöglich Zünd sei. Solange erzähle ihr immer wieder Müsterchen von Zünds Verhalten, die haarsträubend sind. Mehr weiss ich nicht."

Als Sepp Pfund den Telefonhörer auflegt, schnauft er auf und vergewissert sich, dass er über eine halbe Stunde mit Harry Kilmer am Draht gehängt hatte. Miri Stöckli ruft Sepp Pfund aus ihrem Büro bei offenstehender Verbindungstüre zu, dass der Austausch mit Kumpel Harry anscheinend ergiebig gewesen sei.

„Wenn ich's mir aus deinen Wortfetzen am Telefon richtig zusammenreime, hat Harry von Zünds Scheidung gewusst. Die Scheidung ist in den Polizeiakten, die ich gestern noch kurz durchgeblättert habe, erwähnt. Ich habe übrigens die Scheidungsakten beim Bezirksgericht angefordert, für alle Fälle. Doch diese Akten sind leider zurzeit nicht verfügbar. Weil sie für eine Untersuchung der medizinischen Fakultät an die Uni ausgeliehen sind. Ausgerechnet der medizinischen Fakultät. Seltsam. Doch wenn's notwendig werden sollte, kannst du ja mit dem Richter, der im Scheidungsverfahren …"

„Wie schön, liebe Miri, dass du immer für mich denkst. Doch grossen Dank dafür – und das ist ganz ehrlich – , dass du daran gedacht hast, die Scheidungsakten anzufordern. Jetzt solltest du mich aber noch schüchtern fragen, ob ich aus den Akten bereits gecheckt habe, dass Zünd keinen Waffenschein besitzt."

„Und ich müsste dich fragen, lieber Sepp, ob du immer so blöd drauf bist, oder bloss heute. Ich werde Zünd gleich zur Einvernahme herbringen lassen. Ach so, der Herr hat wieder einmal seine eigene Vorgehensweise. Ich verstehe. Ich sehe, du bist auf dem Absprung ins Untersuchungsgefängnis. Zum Mörder. Entschuldige, zum eines Mordes Verdächtigten. Viel Vergnügen mit Zünd."

„Ich bin schon weg. "

.

*De même me dis-je, tous ces souviens-toi, toutes ces furieuses injonctions de mémoire ne sont-ils pas autant de subterfuges pour lisser l'évènement et le ranger en bonne conscience dans l'histoire ?*

*Yasmina Reza, Serge, Flammarion 2021 E-Book, Seite 166*

## Gastspiel I.

Sepp Pfund ist auf die Begegnung mit Gregor Zünd gespannt. Irgendwie kommt ihm die ganze Geschichte spanisch vor.

Die Funktionäre des Untersuchungsgefängnisses kennen Sepp Pfund bestens, erkennen ihn auch trotz Gesichtsmaske und können ihn informieren, dass der Gefangene ruhig und friedlich sei. Sich in keiner Weise gegen die Massnahme aufgelehnt habe. Solche Untersuchungsgefangene hätten sie, wie er, Pfund, ja wisse, eher selten. Ob er ihnen nicht vermehrt so pflegeleichte und zufriedene Untersuchungsgefangene bescheren könne? Pfund grinst. Zuckt mit den Schultern und wirft hin, dem Treiben der Leute stehe er machtlos gegenüber. Er wünscht, den Gefangenen in seiner Zelle aufzusuchen und dann gemeinsam mit ihm ins Besprechungszimmer zu gehen. Er wird darauf aufmerksam gemacht, dass im

Untersuchungsgefängnis wegen der Pandemie generell Maskenpflicht angeordnet sei.

Kaum ist die Zellentüre aufgeschlossen, sieht Sepp Pfund, dass der Mann, Gregor Zünd, sich aufrecht, der sich öffnenden Türe zugewendet, lächelnd dasteht, eine Gesichtsmaske montiert und ihm, Pfund, freundlich zunickt. Zünd zögert offensichtlich, ob er Pfund seine Hand zum Gruss entgegenstrecken soll. Pfund gibt mit einer Geste zu verstehen, dass auf Händeschütteln verzichtet werde. Pfund stellt fest, dass dieser Zünd durchaus gepflegt, sympathisch und empathisch wirkt. Pfund fällt mit kurzem Seitenblick auch auf, dass in der Zelle gute Ordnung herrscht. Pfund stellt sich vor. Er sei mit der Untersuchung betraut. Er schlägt vor, dass sie sich gemeinsam ins Besprechungs-zimmer begeben. Wo mehr Platz vorhanden sei. Nachdem Pfund und Zünd die Zelle verlassen haben, schliesst der Wärter die Zellentüre zu und geht den beiden voran ins Besprechungszimmer.

Am Besprechungstisch nehmen Pfund und Zünd einander gegenüber Platz. Pfund entnimmt seiner Aktenmappe die Akten und legt sie auf den Tisch, zusammen mit einem Notizblock und einem Kugelschreiber. Bevor Pfund seine üblichen Eingangsfloskeln loslassen kann, schiesst Zünd mit einem Sturzbach von Worten los, den der leicht überrumpelte und neugierige Pfund weder unterbrechen kann noch will.

„Ich weiss selber nicht, was in mich gefahren ist. Ich weiss es nicht. Ich kann es mir nicht erklären. Ich bin der friedlichste Mensch. Kann keiner Fliege etwas zuleide tun. Sehe ich Blut, falle ich gleich in Ohnmacht. Und jetzt das. Das Leben auf der Gasse hat mich verändert. Ich verstehe das nicht. Nun, draussen zu leben ist schon eine Herausforderung. Ich meine, bis vor wenigen Monaten war ich bürgerlich gewesen, genauso wie sie. Die Scheidung – ach, ich mag nicht daran denken. Seither lebe ich auf der Gasse. Übernachte draussen an geschützten Orten. Die Nächte sind manchmal unheimlich lang. Da strolcht man rum. Irgendwo. Um sich die Zeit zu vertreiben. Die Tagesangebote für Obdachlose, von denen es viele gibt, sind in der Nacht geschlossen. Das Arboretum, dieser Park am Seeufer. So schön. Natur. Die frische Luft. Man bewegt sich. Friert nicht. Und plötzlich bemerke ich, wie jemand mir folgt. Ich fürchte mich nicht vor Menschen. Ich bleibe stehen. Der andere kommt auf mich zu. Sieht nicht gefährlich aus. Nicht unsympathisch. Er grinst mich an. Rückt mir dann aber rasch auf die Haut. Greift mir mit seiner Rechten in den Schritt. Ich zucke spontan zurück. Er kommt mir wieder nah. Ich spüre seinen Atem an meinem Gesicht. So nah kommt er mir. Legt seine Linke um meine rechte Schulter. Drückt mich an sich. Wobei seine Rechte in meinem Schritt fest zupackt. Spontan drücke ich ihn von mir weg. Ein superschneller Reflex meinerseits, spontan, ohne etwas zu denken dabei – peng, peng! Ich stehe unter Schock. Wie konnte mir bloss so etwas geschehen."

Sepp Pfunds hört geduldig zu, bis seinem Gegenüber der Schnauf ausgeht. In seiner langen Berufskarriere hat er erfahren, dass in einem spontanen Redefluss mehr verraten wird, als beim kurz bedachten Antworten auf konkrete Fragen.

Zünd sackt in sich zusammen und heult. Pfund reicht Zünd Papiertaschentücher. Zünd schiebt kurz seine Gesichtsmaske nach unten, schnäuzt die Nase. Trocknet mit einem weiteren Papiertaschentuch, das Pfund ihm reicht, die Tränen. Schiebt seine Gesichtsmaske wieder vor Mund und Nase. Dann richtet er sich auf. Sieht Pfund stumm an.

„Schreckliche Geschichte", beginnt Pfund, „doch sagen sie mir bitte, ob sie immer eine Pistole mit sich herumtragen und ob die Pistole immer geladen und ent-sichert ist, damit sie gleich losfeuern können."

„Ihnen, Herr – habe ich richtig verstanden, Pfund? – Herr Pfund scheint nicht bewusst zu sein, wie gefährlich das Leben in der Obdachlosigkeit ist. Das Leben auf der Gasse ist kein Honigschlecken, glauben sie mir. In den rund sechs Monaten seit ich kein Dach mehr über dem Kopf habe, mein Dach der Himmel von Zürich ist, musste ich mir einen Panzer zulegen. Vergangenheit und Zukunft aussen vor lassen. Lernen, im Moment zu leben. Ich will überleben. Unter keinen Umständen den Willen zu überleben verlieren. Ich muss unablässig dranbleiben. Das heisst, mich wappnen für jede Gefahr. Ich muss mich schützen können. Verstehen sie? Es geht um's Überleben. Wollte man nicht unbedingt überleben, nähme man ein Leben auf der Strasse, wo das Faustrecht gilt und nur der Stärkste überlebt, nicht auf sich. So hart ist das Leben. Sie haben ja keine Ahnung davon. Eine Waffe zur Selbstverteidigung ist ein Muss. Wie meine schreckliche Erfahrung zeigt."

„Wenn ich richtig informiert bin, Herr Zünd, besitzen sie keinen Waffenschein."

„So, so," wirft Zünd locker hin und lacht, „Das ist ihnen bekannt. Klar. Der gläserne Mensch ist selbst im Staate Dänemark, Entschuldigung, Schweiz Trumpf. Nehmen sie im Ernst an, dass Gesetze und Gesetzchen mich in meiner Lage noch erschrecken können. Mir fehlt der Respekt für Regeln, die meinem bitteren Alltag noch bitterer machen. Nun gut, sie brauchen eine Antwort. Kaum werfen sie mir ein Stichwort hin, gerate ich ins Fabulieren und kann manchmal kein Ende finden. Stimmt, sie haben recht. Das mit dem Waffenschein ist an mir irgendwie vorbeigegangen. Vor Jahren, über zehn Jahre ist es her, übergab ein Bekannter, den ich inzwischen aus den Augen verloren habe, mir diese Pistole samt Munition für kurze Zeit zur Aufbewahrung. Er selber habe im Moment keinen sicheren Aufbewahrungsort dafür. Dann holte er die Pistole nicht mehr ab. Solange, meiner geschiedenen Frau, gegenüber hatte ich von dieser Gefälligkeit diesem Bekannten gegenüber nie ein Sterbenswörtchen fallengelassen. Sie weiss also nichts von dieser Waffe in meinem tatsächlichen Besitz, ohne dass ich Eigentümer bin. Jetzt, auf der Gasse bin ich heilsfroh darum, dass ich mich angemessen verteidigen kann."

„Sind sie neben ihrem gelernten Beruf als Bankbeamter Schriftsteller oder schriftstellerisch tätig?"

„Wie kommen sie darauf?"

„Sie setzen die Sprache gut ein und können sehr gut erzählen. Ich dachte bloss. Ein Bauchgefühl. Lassen wir das. Ich habe noch eine weitere Frage nach dem Verbleib der Leiche …"

„Sie haben den Nagel auf den Kopf getroffen. Ich bin Schriftsteller. Ein zu geregelter und eintöniger Alltag hat meine Fantasie beflügelt. Damit mein Kopf nicht birst, bringe ich meine Gedanken zu Papier und erkenne dann, dass die Geschichten, die ich da spontan erzähle, so viel interessanter sind, als mein sich in der Perpetuierung beinahe todlaufender Alltag. Ich spreche nicht gerne darüber. Ich will nicht aufschneiden. Doch wenn sie mich schon darauf ansprechen: Ja, ich habe erst vor kurzem meinen x-ten Roman geschrieben. Mit dem Titel, ‚Der grosse Wurf'. Mein ‚grosser Wurf' ist ein ausserordentlicher und echt grosser Wurf. Die meisten Autoren, die von den Machern des Literaturmarktes hochgejubelt und in Bestsellerlisten hochgeschwemmt werden, sind lächerliche Gestalten, Spassvögel, die todernst und verbissen daran arbeiten, um sich als grosse Schriftsteller zu inszenieren oder von so genannten Fachleuten als solche inszeniert zu werden. Und bleiben doch nichts weiter als windige Autoren. Die schlecht schreiben. Nicht checken, was Spannung heisst. Bloss Schrott produzieren. Ich weiss, wovon ich rede. Ich habe noch und noch windige Romänchen gelesen, um Vergleiche anzustellen. Mich mit dem zu messen, was den Markt tatsächlich erobert. Ich will nicht unbescheiden wirken. Doch die Wahrheit ist, mein ‚Grosser Wurf' ist schlicht genial und stellt alle diese windigen Machwerke in den Schatten. Ich habe meinen ‚Grossen Wurf' unzähligen Verlagen angeboten. Es hat bloss Absagen gehagelt. Den Verlagsfritzen geht der Sinn für Originalität und echte erzählerische Qualität schlicht ab. Marcel Reich-Ranicki, dem ich das Manuskript vom „Grossen Wurf" geschickt hatte, fand den Roman genial. Ein Meisterwerk. Konnte nicht verstehen, dass alle Verlage ablehnten. Versprach mir, sich für mein Werk einzusetze. Bevor es jedoch dazu kam, ist er leider gestorben. Elke Heidenreich hatte ebenfalls versucht, sich für mich einzusetzen. Vergeblich. Ich muss aufhören, sonst … Nicht im Traum hätte ich mir vorstellen können, je einen Menschen umzubringen. Kaltblütig abzuknallen. Ich hielt ja die Pistole in Händen. Die noch rauchte und roch. Wie von Sinnen schleppte und zog ich den leblosen Körper dieses Mannes ganz zum See. Stopfte Steine, die da am Ufer herumliegen in seine Kleider. Und schiebe die Leiche ins Wasser. Ich bin ein Ungeheuer. Ich. Ich. Ich …"

„Weshalb haben sie sich erst zehn Tage nach ihrer Tat bei der Polizei gemeldet?"

„Der Schock. Ich war wie gelähmt. Unfähig, einen klaren Gedanken zu fassen. Mir zu überlegen, was in einer solchen Situation Bürgerpflicht ist. Dann sah ich die Vermisstenmeldung in der Zeitung. Das Foto. Mir schoss durch den Kopf, in dieses Gesicht, genau in dieses Gesicht hattest du gestarrt. Mit einem Mal war alles wieder präsent. Ich wusste, jetzt musst du dich zu deiner Tat bekennen, sonst drehst du durch. Ich musste, musste mich retten, indem ich mich gestern der Polizei stellte. Die Fortsetzung kennen sie. Hier bin ich und ich stehe zu dem, was ich gemacht habe. Ich bin ein Mörder."

„Das werden wir sehen. Haben sie den Mann zuvor nie gesehen, nicht gekannt?"

„Als ich meinen Job noch hatte, das heisst, bevor mir von der Bank gekündigt wurde, bin ich bei der Arbeit unzähligen Menschen begegnet. Ich kann nicht ausschliessen, dass ich den Mann zufällig einmal gesehen hatte, ohne mir seine Person einzuprägen. Doch bewusst gekannt, nein, das bestimmt nicht."

Nach anderthalb Stunden hat Sepp Pfund seine fachliche und persönliche Neugierde befriedigt. Er unterbricht den Redefluss von Gregor Zünd. Kündigt ihm an, dass ein Lokaltermin und eine formelle Einvernahme durch den Staatsanwalt anberaumt werden. Am Lokaltermin werde er, Zünd, die genaue Örtlichkeit im Arboretum bezeichnen und das Geschehen nachgespielt werden. Dann müsse gezielt nach der Leiche gesucht werden. Anhand der Strömung dort im See. Bisher sei die Leiche noch nicht aufgetaucht. Bis dahin und wohl noch längere Zeit müsse er, Zünd, in der Untersuchungshaft bleiben. Ohne festen Wohnsitz bestehe Fluchtgefahr.

„Hier zumindest habe ich ein Dach über dem Kopf, bekomme regelmässig Mahlzeiten, was bei den sinkenden Temperaturen im Spätherbst keineswegs zu verachten ist," kommentiert Zünd die Schlussworte von Pfund und bedankt sich noch ausdrücklich für die Geduld, die er, Pfund, gehabt und seinen Ausführungen zugehört habe. Dann wird Zünd von einem Wärter zurück in seine Zelle gebracht und Pfund geht zurück in sein Büro, wo Miri Stöckli bereits gespannt auf seinen Bericht wartet.

„Zünd ist ein Schwätzer. Er tischt uns total stimmige Geschichtchen auf. Die so einleuchtend sind, dass man sie hinterfragen muss. Ihm müssen wir mit andern Mitteln beikommen."

„Ist er nicht der Täter", fragt Miri Stöckli.

„Etwas verbrochen hat er auf jeden Fall."

*Graffito heisst im Italienischen etwas Gekratztes oder Eingraviertes. Gemeint ist hier ein Bild oder eine Schrift, die illegal in den öffentlichen Raum gesprüht wird. Die Graffitiszene wurde allgegenwärtig in den achtziger Jahren. Über die Jahre rückte die Subkultur vom Rand der Gesellschaft weiter in die Mitte und wurde nach und nach zu einer marktfähigen Kunstform.*

*Deborah Steiborn, „Graffiti gegen Geld", in Die Zeit vom 13. Juli 2017, Wirtschaft / Kunstmarkt, Seite 28*

# Gastspiel II.

Der Polizeiposten, der sich mit der Vermisstenanzeige von David Keuner herumgeschlagen hatte, überwies den Fall nach der neuen Entwicklung, als Zünd sich gestellt hatte, ohne die Angehörigen, die die Vermisstenanzeige aufgegeben hatten, über die Wende zu unterrichten. So bleibt es an Sepp Pfund hängen, die Angehörigen des Vermissten, des inzwischen zum potenziellen Opfer einer Gewalttat Mutierten, möglichst schonend zu informieren. Pfund hasst es, Überbringer von Schreckensbotschaften zu sein. Er weiss ja nie, was für Menschen er antrifft. Wie sie reagieren werden. Zudem fühlt er sich schrecklich daneben, wenn er beruhigen und Trost spenden soll. Andrerseits ist da seine unbezähmbare

Neugierde. Er liebt es zu erleben, wie andere Menschen sind, wie sie leben, aussehen, schauen, sich bewegen, riechen und sich verhalten. Sein Privileg ist, in das Privatleben von unbekannten Menschen mit der Legitimation seines Amtes einzudringen und genau hingucken und Fragen stellen zu dürfen. Fragen, die im privaten Verehr als frech und schamlos gelten. Zudem haben die Ausführungen von Kumpel Harry ihn auf die Fröhlichs gespannt gemacht.

Bevor er am Stauffacher den 3-er besteigt, um zum Hölderlinsteig zu fahren, kauft er sich im Coop Pronto aus dem Warmhalte-Gestell eine mit Greyerzerkäse überbackene, warme Scheibe dunkles Brot. Bis das richtige Tram vorfährt, hat er bereits den grössten Teil dieser Delikatesse verschlungen und seinen ärgsten Hunger gestillt. Bis zum Löwenplatz ist das ganze Stück Brot weggeputzt. Er steckt sich einen Kaugummi, der anscheinend die Zähne pflegen soll, in den Mund. Setzt die in den öffentlichen Verkehrsmitteln wegen Corona erforderliche Maske auf. Geht davon aus, dass der Kaugummi auch allfälligen Essensmundgeruch neutralisiert, den er den Menschen, die er aufsucht, nicht zumuten möchte. Kaum hat er die Maske aufgesetzt, muss er einmal niessen. Beginnt zu schwitzen. Und seine Brillengläser laufen an. Was ihn aber weiter nicht stört. Er kann auch mit leicht beschlagenen Brillengläsern Maulaffen feilhalten und in die vorbeiziehende Stadtkulisse schauen.

Pfund öffnet das schmiedeeiserne Gartentor. Geht gespannt darauf, wie es im Innern wohl aussehen wird, auf das herrschaftliche Mehrfamilienaus aus der Jahrhundertwende zu. Er wundert sich, dass der bodenständige und geerdete Harry Kilmer mit Leuten aus so luftigen Höhen verkehrt. Nun, sein Beruf hat Harry diesen Kontakt hineingeschneit. Die grosszügigen Fensterfronten, Wintergärten, Balkone lassen auf hohe Zimmerdecken schliessen. Die Klingelanlage ist offensichtlich neueren Datums und ist mit einer Gegensprechanlage und einer Videoüberwachung versehen. Pfund bewegt sich in der Regel nicht in Kreisen, die so nobel wohnen. Nota bene, nicht einmal zur Miete. Die Wohnung von Delila Fröhlich liegt, wie Pfund aus der Lage des betreffenden Klingelknopfs schliesst, sehr wahrscheinlich im dritten Stock und gehört ihr zu Eigentum, wie Harry Kilmer gewusst hatte.

Pfund drückt den Klingelknopf. Vernimmt ein diskretes Surren während des Drückens des Knopfs. Danach regt sich nichts. Pfund lässt seinen Blick der Hausfassade hoch schweifen und wartet. Er hört, wie das Gartentor geöffnet und zugeworfen wird. Beschwingte Schritte nähern sich. Pfund wendet sich um. Eine junge, hübsche Frau kommt angelaufen. Sie grüsst beschwingt und fröhlich lächelnd. Fragt Pfund freundlich, wen er zu besuchen wünsche. Die junge Frau stellt sich als Felicitas Fröhlich, die Tochter von Delila Fröhlich, vor. Pfund zückt seinen Dienstausweis und stellt sich vor. Wie vom Blitz getroffen, zuckt die junge Frau zusammen. Ihr Gesicht verkrampft sich. Sie kneift die Augen für einen kurzen Moment zu und ihr Mund klafft auf. Sie stösst ruckartig Atem aus. Im Nu fasst sie sich wieder. Wirft Pfund einen nun ernsten, traurigen Blick zu. Sie schliesst die Haustüre auf. Hält die Türe für Pfund auf und sagt mit zittriger Stimme, „Bitte!" Pfund fragt noch kurz, ob es für sie okay sei, dass sie auf Gesichtsmasken verzichteten. Felicitas nickt. Im grosszügigen Eingangsbereich erkennt Pfund, nachdem er drei Stufen hochgegangen ist und im Treppenhaus steht, dass sich zur rechten Hand eine wohl erst neulich eingebaute Liftanlage befindet. Felicitas Fröhlich und er betreten den Lift. Felicitas drückt den Knopf für den dritten Stock. Der Lift setzt sich in Bewegung. Der Lift besitzt eine Glasfront, die beim Fahren den Blick auf die Strasse und über die Stadt draussen freigibt. Pfund staunt einerseits über diese verblüffenden Neuerungen in einem alten Gebäude und fragt sich gleichzeitig, was wohl in Felicitas vorgegangen ist. Er will sie nicht mit Fragen überfallen, löchern, bedrängen. So fahren die Beiden stumm im Lift nach oben und Pfund vermeidet es, Felicitas anzuschauen, geniesst den Blick nach unten auf die Strasse, die Gärten und das Stadtpanorama.

Im dritten Stock angekommen, schliesst Felicitas die Wohnungstüre auf und bittet Pfund einzutreten. Kaum steht Pfund in dem geräumigen Vorraum, tritt sie ebenfalls ein. Verschliesst die Wohnungstüre mit einem Schlüssel. Geht an Pfund vorbei zur Garderobe und deutet ihm mit einer Geste an abzulegen. Während sie ihre Freitag-Tasche auf einen Stuhl wirft, sich ihrer Jacke entledigt und diese an die Garderobe hängt. Sie weist Pfund den Weg in ein Pfund wegen dessen Dimensionen beeindruckendes Wohnzimmer. Möbliert mit einer Mischung aus antiken Einzelstücken und ausgesuchtesten modernen Designer-Möbeln. An den Wänden Kunst in Hülle und Fülle. Felicitas Fröhlich weist Pfund einen Fauteuil der Sitzgruppe zu und lässt sich auf das Sofa fallen. Wo sie ihren Kopf gleich in ihre beiden, flach ausgestreckten und hochgehaltenen Hände vergräbt. Dann richtet sie sich auf. Schaut Pfund ins Gesicht. Pfund glaubt wahrzunehmen, dass ihre Augen von Tränen feucht sind. Felicitas bemüht sich offensichtlich um Fassung. Sie beginnt dann zögernd zu reden.

„Entschuldigen sie. Ich kann es nicht fassen. Dass die Polizei, die richtige Polizei hier ist, bedeutet, dass die ganze Sache stimmt. Kein Fake ist. Ich hatte angenommen, dieser wichtigtuerische Arsch Gregor Zünd erzähle irgendein Märchen, um sich aufzuspielen. Ach, sie müssen wissen, Facebook. Warten sie. Ich kann ihnen erklären, was, weshalb …"

Felicitas zückt ihr Handy und fingert darauf herum. Will Pfund das Display ihres Handys unter die Nase halten. Pfund ahnt, dass Felicitas ihm Einblick in ihr Facebook geben wird, von dem sie bereits Kumpel Harry berichtet hatte und das in dieser Geschichte offensichtlich eine Rolle spielt. Felicitas besinnt sich eines Besseren. Springt auf.

„Warten sie, ich hole meinen iPad. Da sieht man alles besser."

„Überfordern sie mich alten Knacker nicht. Von diesen neumodischen Sachen wie Facebook habe ich keinen blassen Schimmer", ruft Pfund Felicitas, die aus dem Wohnzimmer verschwindet,  leise nach. Wenig später kommt sie mit ihrem iPad zurück. Setzt sich in die Ecke des Sofas, die dem Fauteuil Pfunds am nächsten ist. Tippt auf ihrem iPad herum.

„Besser, ich gehe rasch an meinen Computer. Mache Printscreens von den Posts und Kommentaren auf Facebook, die ich ihnen zeigen möchte. Drucke die Printscreens für sie aus. Dann haben sie das Ganze auf Papier festgehalten. Ist auch besser zu lesen. Ist doch okay? Darf ich sie kurz warten lassen. Ich bin gleich zurück."

Pfund wartet gespannt auf das, was ihm angekündigt, auf das er echt neugierig und das in der Lösung dieses Falles wesentlich ist. Nach kurzer Zeit hört er aus einem der Nebenzimmer einen Drucker diskret rattern. Felicitas kommt zurückgerannt. Übergibt Pfund ein paar Blätter Papier. Mit lakonischem Gesichtsausdruck. Pfund sieht von ihrem Gesicht runter auf die Blätter. Murmelt, das Facebook habe sich ihm noch nie vorgestellt. Bevor er seinen Satz zu Ende gesagt hat, ist er in den Anblick des auf dem Papier gedruckten, die ungewohnte Gestaltung der Textdarstellung eingetaucht und liest gebannt von oben nach unten. Bekommt eine Geschichte mit, die ihn geradezu sprachlos macht. Die Essenz der Geschichte, dass jemand schreibt, David Keuner sei verschwunden. Jemand anderes – der Name Leo Stelzer taucht da auf – erzählt, dass er beobachtet habe, wie David Keuner im Arboretum regelrecht hingerichtet worden sei. Noch jemand anderes – der Name Gregor Zünd taucht da auf – bezichtigt sich, diese Hinrichtung vollzogen zu haben. Datum der Kommentare 7. November 2021, Sonntag, vorgestern also. Pfund sieht von den Papieren auf. Sieht Felicitas fragend an. Das Ganze kommt ihm Spanisch vor.

        „Nun verstehen sie wohl, weshalb ich ausser mir bin. Nicht fassen kann und will, dass … Ich hatte angenommen, dass dieser Blödian Stelzer Mist erzählt und mit seiner unsinnigen Behauptung bloss seine Wut an David auslässt. Diesen Zünd, der dann behauptet, David erschossen zu haben, kenne ich nicht. Wir sind unbekannterweise auf Facebook ‚befreundet'. Weil ich ja mit möglichst vielen Leuten auf Facebook ‚befreundet' sein will, um den Verkauf von Daves ‚Prickelndes Gesöff' zu fördern. Jetzt aber, wo sie auftauchen, wo die Polizei sich einmischt – schrecklich! Dann sind die Kommentare auf Facebook wahr, keine Fakes? Entschuldigen sie, dass ich heule. Ich, ich … Vermutlich sind sie mit Facebook nicht vertraut. Vermutlich wissen sie auch nicht … Warten sie, ich erzähle von Anfang an. David hat endlich wieder einmal einen neuen Roman geschrieben. ‚Prickelndes Gesöff‘. Eine unterhaltsame, witzige, total schräge Geschichte. Ich und meine Freunde sind total hin davon. Wir bewundern Dave, dass ein alter Mann so, so …"

„Meines Wissens ist David Keuner 46", wirft Pfund dazwischen.

„Entschuldigen sie. Es ist mir so rausgerutscht", sagt Felicitas Fröhlich verlegen. „Will sagen, wir Jungen finden Dave total cool. Weil Dave mit dem Internet etwas unbeholfen ist, wie ältere Leute eben sind, habe ich mich bereit erklärt, auf Facebook für sein Buch zu werben, damit es sich endlich auch verkauft, unter die Leute kommt, gelesen wird. Dazu musste ich in Facebook einsteigen, viele, viele ‚Freunde‘ suchen, um möglichst viel Leute mit meinen Posts über Daves Roman zu erreichen. So kommt es auch, dass ich auf Facebook mit Stelzer, dem erklärten Feind von Dave, ‚befreundet‘ bin. Dave war entsetzt gewesen, als er das mitbekommen hat. Ich musste ihn beruhigen. Wenn man etwas verkaufen will, muss man für alles offen sein."

„Sie kennen Stelzer", fragt Pfund, den Redefluss von Felicitas unterbrechend.

„Klar. Nicht gut. Ein, zwei Mal im Büro von Dave gesehen. Doch die Geschichte habe ich selbstverständlich mitbekommen."

„Und Gregor Zünd?"

„Ich weiss nicht, ob es der Gregor Zünd ist, von dem ich weiss, dass es ihn gibt. Den ich aber auch bloss dem Namen nach, nicht persönlich kenne. Ich und ein Freund besuchen einen Break-Dance-Kurs. In diesem Kurs ist ein Junge, ein kleiner Junge, was weiss ich, bestimmt vier Jahre jünger als alle übrigen, als wir. Dieser Junge heisst Felix Cadeux. Wenn ich es richtig mitbekommen habe, heisst sein

Vater Gregor Zünd. Die Eltern sind geschieden und der Vater will nichts von Felix wissen."

„Können sie mir etwas über sich erzählen und wie sie zu Herrn Keuner stehen", übernimmt nun Pfund die Gesprächsleitung, um einerseits das soeben Erfahrene zu verdauen und andrerseits die notwendigen Fragen zu stellen.

Felicitas gibt bereitwillig Auskunft. Sie sei Gymnasiastin und habe heute Nachmittag schulfrei. Ihre Mutter, Delila Fröhlich, halte irgendwo einen Vortrag. Dave sei der Lebenspartner ihrer Mutter. Er lebe seit ungefähr zehn oder zwölf Jahren mit ihnen zusammen hier in dieser Wohnung. Sie möge Dave sehr. Bisher seien sie davon ausgegangen, dass er abgetaucht sei und irgendwann wieder auftauche. Das heisse, ihre Mutter habe wegen ihres hohen Beschäftigungsgrades kaum wahrgenommen, dass Dave nicht da sei. Sie, Felicitas, habe sich keine grossen Sorgen gemacht. Sie hätten neulich echten Knatsch gehabt, ihre Mutter, Dave und sie. Bald sei aber alles geklärt und beredet gewesen und sie hätten sich alle drei wieder vertragen. Sie habe sich dann vorgestellt, dass es Dave wegen dieses Knatsches ausgehängt und er eine Auszeit benötigt habe, um wieder einmal in Ruhe sein Ding zu machen. Bis ihre Mutter am letzten Freitag zufällig aus unerfindlichen Gründen Daves Büro betreten habe und dort zufällig auf Daves offen herumliegendes Tagebuch gestossen sei. Danach sei sie total hysterisch gewesen habe. Sei von dem Moment an felsenfest überzeugt gewesen, dass Dave sich umgebracht habe. Nach einem Telefon mit ihrem Bruder, der für sie eine Vertrauensperson ist, sei sie beruhigt gewesen und habe strikte erklärt, jetzt werde bei der Polizei eine Vermisstenanzeige gemacht. Und dann sei vorgestern Nacht dieser Kommentar auf ihrer Facebook-Seite aufgetaucht. Sie habe ihn jedoch erst heute früh gelesen. Ihn als Fake und absurdes Geschwätz abgetan, wie das Meiste, was auf Social Media geschrieben werde. Doch jetzt, … Ob es wahr sei? Ob dieser Zünd Dave tatsächlich umgebracht habe?

„Genau das untersuche ich. Alles, was ich ihnen sagen kann, eine Leiche von Herrn Keuner ist soviel wir bisher wissen nicht aufgetaucht. Hier lese ich, dass Stelzer und Zünd sich bereits früher zu ihren, wie nennen sie es, ach, ja, Posts geäussert haben."

„Sie müssen wissen, dass Stelzer mit Dave zusammengearbeitet hatte und …"

„Haben sie in letzter Zeit eine Veränderung an Herrn Keuner wahrgenommen?"

„Nein. Überhaupt nicht. In letzter Zeit ist er total aufgestellt gewesen. Einer seiner Chefs, Harry Kilmer – auch ihn kenne ich, genauso wie Leo Stelzer, von meinen seltenen Besuchen an Daves Arbeitsplatz –, ist befreundet mit Belinda Schöner, dieser prominenten Journalistin, die für verschiedene Feuilletons schreibt. Sie soll planen, über ‚Prickelndes Gesöff' oder über den Staatsbeamten, der nebenher saftige Satire schreibt, einen Artikel zu schreiben. Das hat Dave total aufgestellt."

„Entschuldigen sie die indiskrete Frage, doch sie sind eine so kluge Beobachterin, dass ich ihnen die Frage stellen darf. Falls sie lieber nicht antworten möchten …"

„Sie meinen, das Verhältnis zwischen Mami und Dave! Klar, Dave hat sich immer beschwert, dass Mami eine Workaholic ist und nie Zeit für ihn …"

Das Geräusch eines Schlüssels in einem Türschloss, aus der Richtung der Eingangstüre der Wohnung, ist zu hören.

„Lassen sie mich machen", flüstert Felicitas Pfund zu. „Mami weiss noch nichts. Ich habe ihr die Facebook-Kommentare, die ich, wie gesagt, als Fake erachtete, nicht gezeigt. Hatte sie auch weder gestern Abend, noch heute früh gesehen …"

Pfund lässt Felicitas gewähren. Aus der Ferne vernimmt er Geflüster. So etwas wie einen dumpfen Aufschrei. Geräusche, die Pfund dem Ablegen einer Mappe auf ein Möbelstück, dem Ausziehen eines Mantels und dem Ablegen von Stiefeln zuordnen kann. Dann kommt ihm – er steht auf – aus dem Korridor durch die geöffnete Türe eine gut aussehende, elegante Frau im besten Alter mit stoischer Miene in das Wohnzimmer entgegen. Pfund geht der Frau entgegen und streckt seine Rechte zum Gruss aus. Drückt ihr in wenigen Worten sein Mitgefühl für diese schreckliche Situation aus, in der sie sich befindet. Felicitas steht mit gesenktem Blick daneben.

„So lieb", beginnt Delila gefasst und mit ungebrochener Stimme zu reden. „Diese Situation ist tatsächlich schrecklich. Ich bin erledigt. Überrollt. Entschuldigen sie, dass ich nicht gleich in Tränen ausbreche. Weshalb, weshalb bloss kommt jemand auf den Gedanken, einen guten Menschen wie meinen David, diese Seele von Mensch, umzubringen? Sagen sie es mir. Entschuldigen sie. Ich bin so durcheinander. Nehmen sie doch bitte wieder Platz. Feli, hast du dem Herrn … Wie ist ihr Name? Pfund. Ja, Feli, hast du Herrn Pfund etwas zu trinken angeboten. Bringe mir bitte einen Whisky. Jetzt benötige ich dringend etwas, das entspannt. David ist so eine Seele von Mensch. Kann keiner Seele etwas zuleide tun. Hat keine Feinde. Alle mögen ihn. Ausser selbstverständlich Mister Pepsodent. Leo. Leo Stelzer. Ach, sie kennen die Geschichte schon. Stelzer kann man als Feind nicht wirklich ernst nehmen. Er ist die Unentschlossenheit in Person. Will nie etwas getan haben. Hat dieser, dieser Unmensch, dieser Zünd meinen David tatsächlich auf dem Gewissen. Okay, okay, sie untersuchen ja erst. Mögen sie ebenfalls einen Whisky. Ach, lieber ein Glas Wasser. Feli wird uns die Getränke gleich bringen."

Pfund ist es recht, dass Delila locker und scheinbar unbeschwert drauflosplappert. Indem er aufmerksam zuhört, Delila immer wieder aufmunternd zulächelt, schafft er den Boden, um die Frage zu stellen, die ihm auf der Zunge brennt. Delila scheint eine Frau zu sein, die sich nicht schnell aus der Ruhe bringen lässt. Sie scheint in sich selber zu ruhen. Nicht auf hysterische Ausbrüche angewiesen zu sein. Felicitas bringt die Getränke. Hat sich selber ebenfalls einen Whisky eingeschenkt. Was Delila mit Stirnrunzeln zur Kenntnis nimmt, aber nicht kommentiert. Die beiden Frauen, Mutter und Tochter, beeindrucken ihn. Das Feld ist vorbereitet. Pfund gibt sich einen Stoss und legt los.

„Vielleicht sollten wir, Frau Fröhlich, unter vier Augen uns noch ..."

„Sie wollen mich aushorchen über meine Beziehung zu David! Ich habe keine Geheimnisse vor meiner Tochter. Sie kann alles hören. Ich bin eine Workaholic und daher in der Beziehung ein Problem, doch ..."

„Ihre Beziehung zu Herrn Keuner spielt in meiner Untersuchung keine Rolle. Es gibt jedoch ein Element, das ich unbedingt ansprechen muss. Der Angeschuldigte, Gregor Zünd, der behauptet, David Keuner erschossen zu haben, macht geltend, David Keuner habe ihn nach Mitternacht im Arboretum, diesem Park am linken Seeufer, der anscheinend ein Schwulentreffpunkt ist, sexuell belästigt."

„Sie vermuten also einen Milieumord. David hat aus seiner Bisexualität nie ein Hehl gemacht. Ab und an besucht er eine schwule Sauna. Doch Parks und Clubs, sagte er vor langer Zeit schon, hätte er längst aufgegeben. Dass er sich bei Nacht in einem Park herumgetrieben haben soll, kann ich mir nicht vorstellen. Du etwa, Feli?"

„Nein. Nie."

„Sagt ihnen der Name Gregor Zünd etwas?"

„Zum ersten Mal heute gehört."

„Meine Damen, ich bin hier als Überbringer der schrecklichen Botschaft. Ich brauche sie nicht formell anzuhören mit Protokoll und allem Pipapo. Was ich sie gefragt habe, bleibt unter uns. Es ist mir immer wichtig, mir ein Bild vom Umfeld von möglichen Tätern und möglichen Opfern zu machen."

„Sie sprechen im Konditionalis, Herr Pfund", frägt Delila Pfund.

„Noch haben wir keine Leiche. Morgen wird ein Lokaltermin stattfinden, wo die angebliche Tat rekonstruiert wird. Unter anderem auch mit dem Zweck, gezielt nach einer Leiche suchen zu können. Im Gespräch mit ihnen, meine Damen – vor allem mit ihnen, Felicitas, aufgrund ihrer Aktivitäten aus dem Facebook – habe ich erfahren, dass Gregor Zünd aufgrund von Fotos gewusst haben musste, beim behaupteten Vorfall David Keuner vor sich zu haben. Mir gegenüber hatte er bisher behauptet, erst durch das Foto in der Vermisstenanzeige erfahren zu haben, um wen es sich bei seinem angeblichen Opfer handelt. Benötigen sie Hilfe, Unterstützung? Falls etwas ist, falls sie Fragen haben, wenden sie sich ungeniert an mich. Hier ist meine Karte. Ich jedoch bin oft unterwegs. Doch meine Mitarbeiterin, Mirjam Stöckli, weiss immer, wo ich bin, und ist eine kompetente

Sachbearbeiterin. Ist über die Fälle in unserem Team bestens informiert."

„Dann ist also, rein theoretisch, noch nicht ausgeschlossen, dass David sich das Leben genommen haben könnte. Ich mache mir solche Vorwürfe. Wir, David und ich, hatten nämlich einen Streit gehabt. Ich hatte ihn abgekanzelt, beschimpft, richtiggehend fertig gemacht. Dann finde ich sein Tagebuch, in dem ich lese, dass mit allem Schluss sein muss. Ich bin schuld. Ich bin schuld, ich hätte nicht so böse sein dürfen …"

„Mami, du bildest dir da etwas ein. Den Knatsch, den wir hatten, wir alle drei, nicht bloss Dave und du, ist beigelegt. Es herrschte wieder Frieden. Dave war total gut drauf. Als Bastian zum Nachtessen kam, das war doch so super gewesen. Ich hatte mitbekommen, dass Dave in irgendeiner Zeitung aufgeschnappt hatte, dass das 13. Arrondissement in Paris ein Street Art Paradies ist. Er hat sich wie ein Verrückter über die Einzelnen Quartiere dieses Arrondissements schlau gemacht und über die dort zu findenden Street Art Bilder. Für mich war deshalb klar gewesen, Dave ist nach Paris abgehauen. Und weil du, Mami, nicht Zeit hast, Dave oder auch mir zuzuhören, hast du nichts davon mitgekriegt. David ist einfach abgehauen. Also nicht einmal mir hat er etwas von seinen Plänen erzählt. Doch ich habe mir gedacht, dass es so sein muss."

„Herr Pfund, was wir hier reden muss ihnen Spanisch vorkommen. Feli hat einen neuen Freund. Entschuldige Feli, ich muss es loswerden. Das erste, was ich über diesen neuen Freund erfahren hatte, war, dass er beim illegalen Sprayen eines Graffito von einem Hauseigentümer an der Schweighofstrasse geschnappt worden war."

„Basti ist ein Ausnahmekünstler! Das findet auch Dave."

„Feli, darum geht es jetzt nicht. Sie können bestimmt nachvollziehen, Herr Pfund, dass ich als Mutter ausser mir vor Entsetzen und vor Sorge war, als ich erfahren muss, dass meine Tochter mit einem Typen herumzieht, der ein Verbrecher ist. Die absolute Höhe ist, dass …"

„Liebe Frau Fröhlich", mischt Pfund sich kurz ein, „über die Tatsache, dass Graffiti in unserer Gesellschaft kriminalisiert werden, kann man geteilter Meinung sein."

„Das sagen sie als Polizist. Herr Pfund, ich bin schon sehr erstaunt. Nun, was ich noch sagen wollte. Den Bogen hat mir gegeben, dass David, mein David, diesen Sprayer in Schutz und meine berechtigte Sorge um meine Tochter nicht ernst genommen hat. Okay, okay, Feli. David hat deinem Bastian ins Gewissen geredet. Nun hat Basti hoch und heilig versprochen, nie mehr illegal zu sprayen. Bloss noch an für Graffiti von der Stadt oder von privaten Hauseigentümern freigegebenen Wänden seine Street Art Bilder hinzusprayen. Und ich gestehe, als alles zu Boden geredet worden war, sind wir uns glücklich und versöhnt um die Hälse gefallen. Und Basti hast du zu einem gemeinsamen Nachtessen hergebracht. Und ich – das ist die Wahrheit – finde deinen Basti einen total sympathischen Kerl. Die Fotos von dem Graffiti, die du mir gezeigt hast, zeigen echte, überraschende Kunst. Das hat ja auch der Hauseigentümer, der ihn beim Sprayen erwischt hat, gemerkt. Sonst hätte er nicht auf eine Strafanzeige verzichtet. Basti und seinen Kumpel vielmehr beauftragt, das Graffiti zu Ende zu sprayen. Und er hat sogar etwas dafür bezahlt. Einiges mehr, als die Spraydosen gekostet hatten. Wäre ich jünger, hätte auch ich mich in deinen Basti verknallen können. Du glaubst also nicht, Feli, dass unser Streit bei David nachgewirkt hat? Er sich deshalb, weil er ein weiteres Zusammensein mit mir sich nicht mehr hatte vorstellen können, das Leben hat nehmen wollen?"

„Mami, du spinnst."

„Meine Damen, ich nehme an, dass meine Anwesenheit nicht länger erforderlich ist. Wie bereits gesagt, falls sie Hilfe benötigen, irgendetwas von mir möchten, melden sie sich ungeniert."

Pfund geht zurück zum Hölderlinsteig, um das nächste 3-er Tram zum Stauffacher zu erwischen. Einmal mehr staunt er über die Einblicke in die unterschiedlichsten Verhältnisse, die ihm seine berufliche Arbeit nebenher beschert. Gelingt es ihm, das Vertrauen der Menschen, die er befragen muss, zu gewinnen, erfährt er immer wieder Dinge, die ihm Respekt vor diesen zuvor noch wildfremden Leuten einflösst, denen man sich anfänglich meist wegen tief sitzender Vorurteile mit gemischten Gefühlen nähert. Der stille und aufmerksame Zuhörer bekommt alles mit, was er wissen muss und noch viel mehr. Wenn er sein Gegenüber, das ihm etwas mitteilen will, frei reden lässt. Er braucht sich nicht als der Detektiv aufzuspielen, der die Leute genussvoll ausquetscht. Er braucht bloss Ruhe zu bewahren. Was der Zufall ihm zuträgt und gezieltes Nach- und Hinterfragen, rcichen vollends, um einen klareren Durchblick zu bekommen.

*In other words, „Basara" was born from the periphery street culture that was secluded from central culture, is a runaway genre that is not bound by specific organizations and breaks the borders of hierarchies. „Basara" questions existing order and values and is an engine for change that seeks freedom regardless of weather it defies authority in the process – a centrifugal moving body that is characterized by bizarre vision.*

*Tenmyouya Hisahi (geboren 1966 in Tokyo, japanischer Künstler), BASARA.Japanese art theory crossing borders from Jomon pottery to decorated trucks, Ausstellungskatalog Mizuma Art Gallery Tokyo 2010, Seite 14*

Gastspiel III.

Beim Stauffacher aus dem 3-er ausgestiegen, vergewissert Sepp Pfund sich mit einem Blick auf seine Armbanduhr, dass ihm locker Zeit bleibt, eine Stippvisite beim Intimfeind David Keuners, Leo Stelzer, an dessen aktuellem Arbeitsplatz in einem kantonalen Fachgericht abzustatten. Die Büroräumlichkeiten dieses Fachgerichts liegen, wie Pfund sich erinnert, ganz in der Nähe. Harry Kilmer hatte ja am Telefon erwähnt gehabt, dass Stelzer nach verschiedenen Fiaskos nun dort gelandet oder untergekommen sei. Für Pfund bedeutet es auf seinem Weg zurück in sein Büro keinen Umweg.

Pfund hat Glück. Am Empfang dieses Gerichts erhält er, der sich vorsichtshalber seine Gesichtsmaske erneut übergestülpt hatte, die Auskunft, dass Stelzer in seinem Büro und grundsätzlich frei sei. Die Empfangsdame teilt Pfund nach kurzem Telefongespräch mit, Herr Dr. Stelzer lasse ausrichten, er habe im Moment keine Zeit. Der Besucher solle sich von seiner Sachbearbeiterin, Marianne Hübeli, einen Termin geben lassen. Pfund zückt gelassen, auf den Stockzähnen grinsend seinen Dienstausweis und bemerkt, er nehme an, Herr Dr. Stelzer habe Zeit für ihn. Es gehe um eine strafrechtliche Untersuchung. Nach einem weiteren Telefongespräch der Empfangsdame erhält Pfund den Bescheid, dass Herr Dr. Stelzer tatsächlich nicht in seinem Büro sei. Pfund wirft lächelnd hin, in dem Fall mache er von dem Angebot Gebrauch, sich kurz mit Frau Hübeli zu unterhalten. Die Empfangsdame sagt grinsend, Frau Hübeli werde sich bestimmt freuen, seine Bekanntschaft zu machen. Ihr Büro befinde sich, wenn man dem Korridor entlang gehe, nach etwa fünfzig Metern zur rechten Seite. Die Büronummer 432. Ein Grossraumbüro mit vier Arbeitsplätzen. Doch eine Dame und ein Herr seien zurzeit abwesend. Herr Dr. Stelzer selbstverständlich habe, wenn er im Büro sei, ein Einzelbüro. Herr Pfund möge sich zur Glastüre bewegen. Sie werde gleich den Türöffner betätigen, dass er die Räumlichkeiten des Gerichts betreten könne.

Pfund klopft an die geschlossene Türe des Büros Nummer 432 und tritt ein. Ein kurzer Blick in das Büro zeigt ihm, dass bloss an zwei von vier Schreibtischen je eine Dame sitzt. Eine der maskierten Damen springt auf, gibt sich dem eintretenden Pfund als Marianne Hübeli zu erkennen. Sie bleibt mit gesenktem Blick bei ihrem Schreibtisch stehen. Die andere Dame bleibt sitzen, wirft Pfund zum Gruss, wie er annimmt, ein durch die Gesichtsmaske verstecktes, bloss an den blitzenden Augen zu erkennendes Lächeln zu und beugt sich wieder über Akten. Pfund geht auf Marianne Hübeli zu. Streckt ihr seine Hand zum Gruss entgegen. Marianne Hübeli erwidert den Gruss, hebt ihren Blick nur kurz, ohne Pfund wirklich anzuschauen.

„Frau Hübeli", beginnt Pfund in lockerem Tonfall, „Keine Sorge ich fresse sie nicht auf. Ich möchte ihnen bloss ein paar Fragen stellen", um sich dann mit Dienstausweis vorzustellen. Weil er gerade in der Nähe sei, habe er Herrn Dr. Stelzer kurz ein paar Fragen stellen wollen.


Die Unterhaltung mit Marianne Hübeli erweist sich als äusserst harzig. Selbst die einfachsten Fragen, wann Herr Dr. Stelzer im Büro wohl zu erreichen sei, beantwortet sie ausweichend und äusserst vage. Die Frage, ob sie, Marianne Hübeli, zufällig wisse, ob und wie Herr Dr. Stelzer einen Herrn Gregor Zünd kenne, scheint sie zu erschrecken. Pfund muss feststellen, dass ein offenes Gespräch mit Marianne Hübeli nicht möglich ist. Zufällig wendet er seinen Blick kurz zum Schreibtisch der zweiten Dame im Büro. Dabei nimmt er wahr, dass sie aufmerksam dem Gespräch von Pfund mit Marianne Hübeli folgt. Sie fühlt sich klar ertappt von Pfund, lächelt ihm zu und schneidet eine Grimasse. Steht dann auf und kommt auf Pfund zu. Sie stellt sich ihm kurz vor. Um sich dann neben Marianne Hübeli zu stellen und einen Arm um deren Schulter zu legen.

„Mach dir kein Gewissen, Marianne. Du weisst einmal mehr nicht, wo dein Chef ist und wann er zurückkommt. Dienstlich unterwegs, es klingt so gut. Wo er sich tatsächlich herumtreibt, das wissen die Götter und die sagen es nicht", redet sie beruhigend auf Marianne Hübeli ein und wendet ihren Blick dann Pfund zu. „Marianne ist eine Arme. Die Ärmste lebt in ständiger Angst vor ihrem Chef. Läuft etwas, ist es ihre Schuld. Läuft nichts, ist ebenfalls sie schuld. Ihr Chef ist ein Meister im Abschieben. Wann immer sie ein Sterbenswörtchen über Mister Pepsodent oder über seine Fälle zu anderen fallen lässt, kommt sie unter den Hammer …"

„Mister Pepsodent", fragt Pfund.

„Auf einem Amt, wo Stelzer zuvor einmal gearbeitet hatte, soll ihm dieser Name verpasst worden sein. Das hat sich herumgesprochen. Auch hier ist Stelzer Mister Pepsodent. Doch nicht mehr lange. Er verlässt unser Gericht bald. Und du, Marianne, wirst erlöst sein. Die Nachfolgerin von Stelzer ist eine total sympathische Frau, die dich nicht mehr fertig machen wird, wie Stelzer es bei jeder Gelegenheit tut. Wenn es ihnen recht ist, Herr Pfund, können sie mir alle Fragen stellen. Auch ich kenne Stelzer. So kann Marianne mit gutem Gewissen sagen, sie habe nichts gesagt. Er wird sie dennoch anfauchen, sobald er erfährt, dass sie hier gewesen sind. Ich werde ihm Paroli bieten. Zufällig weiss ich, dass Stelzer einen Gregor Zünd kennt. Seinen Parade-Obdachlosen. Stelzer inszeniert sich liebend gerne als Gutmensch. Angeblich steht er ehrenamtlich in irgendeiner Kirchgemeinde für Beratungen zur Verfügung. Weil ich im richtigen Moment eine Grimasse schnitt, hat Stelzer sich bemüssigt gefühlt, sich damit zu brüsten, dass er einen Obdachlosen betreue. Bereits mehrmals beraten habe. Ein armer Kerl. Durch einen von seiner Ehefrau angezettelten Rosenkrieg und deren Intrige bei seinem Arbeitgeber habe er Arbeitsstelle und Haus verloren, lebe nun als geschiedener Mann auf der Strasse. Ihn berate er. Um uns weiszumachen, dass es sich bei seinem Obdachlosen nicht um ein Phantom handle, hat er dessen Namen genannt, Gregor Zünd."

„Ist ihnen zufällig bekannt, dass Dr. Stelzer bei Facebook und dort anscheinend auch aktiv ist", fragt Pfund.

„Stelzer und Facebook? Dass ich nicht lache! In Computer-Dingen ist er eine Flasche."

„Hat Herr Dr. Stelzer hier je einen David Keuner erwähnt?"

Die Kollegin von Marianne Hübeli lacht. So wie Stelzer über diesen Keuner bei jeder passenden und unpassenden Gelegenheit schimpfe, obwohl niemand hier diesen Keuner kenne, müsse man annehmen, dass dieser Keuner ein lässiger Typ sein müsse, dessen Bekanntschaft man auf jeden Fall suchen müsste.

„Also, ich bin in festen Händen", wirft die Kollegin von Marianne Hübeli weiter lachend hin. „Ich muss nicht jedem lässigen Mann hinterherrennen. Und, Marianne, merke dir, als Herr Pfund kam, warst du gerade auf der Toilette und hast ihn überhaupt nicht gesehen. Bloss ich habe mit ihm gesprochen. Ist das klar? Und ich werde Mister Pepsodent darüber informieren, dass Herr Pfund ihn hat sprechen wollen. Worum geht es? Hat Stelzer jemanden abgemurkst? Kann ich mir nicht vorstellen, er würde unentschlossen vor seinem potenziellen Opfer stehen und sich endlos fragen, soll ich, soll ich nicht, bis sein Opfer das Weite gesucht hat."

Die Kollegin lacht fröhlich. Marianne Hübeli schaut verlegen zur Seite. Pfund lacht ebenfalls. Er kann bloss seinen Kopf schütteln über die spontane Vorstellung, dass hinter einem hehren Namen wie Kantonales Fachgericht zwangsläufig ein hehrer, von Menschlichem und allzu

Menschlichem abgehobener Betrieb steckt, dem nichts Menschliches etwas anhaben kann. Von wegen! Bei seinen Blicken hinter die Kulissen bekommt er neben dem, was er herausfinden muss und will und auch mit etwas Glück, wie hier, tatsächlich herausfindet, eine gute Kabarettnummer mitgeliefert, ein Stück Realsatire, die bewirkt, dass einem bei hehr hochtrabenden Namen nicht gleich vor Ehrfurcht der Verstand stillsteht, doch die Menschen, die da herumwuseln total sympathisch macht. Andere, denkt Pfund, würden aufgrund dessen, was ich hier erlebe, Skandal, Skandal schreien, mit eisigem Besen ausräumen wollen und doch nicht wissen, was besser zu machen ist. Ich, schmunzelt Pfund vergnügt in sich hinein, kann erheitert weiterziehen, weil selbst diese komische Einlage mich ein kleines Stückchen weitergebracht hat.

*Parce que ce qui diffère brise la familiarité en nous, déconstruit nos certitudes et par là nous jette hors de nos égocentres, vers l'inexploré. Là où il nous faut inventer prendre un étage de plus : grandir, en un mot !*

*Alain Damasio (geboren 1969), Les Furtifs, La Volte 2019, E-Book, Seite 30*

# Gastspiel IV.

Sepp Pfund stürmt wie ein Wirbelwind aus dem Korridor ins Büro von Miri Stöckli, durchquert den Raum, um in seinem Büro seinen Mantel zu verstauen und gleich wieder zu verschwinden. Im Vorübergehen wirft er Miri Stöckli zu, er sei gleich wieder weg. Müsse jetzt gleich, noch rasch vor Feierabend, diesen Zünd im Untersuchungsgefängnis in die Mange nehmen.

„Und mich lässt du auf dem Trockenen hocken", seufzt Miri Stöckli theatralisch. „Du hast das interessante Leben, erfährst am Laufmeter spannende Dinge und erzählst mir nichts."

„Dein Pech, wenn ich zurückkommen werde und du bereits Feierabend gemacht hast, Miri."

Gregor Zünd sitzt Sepp Pfund im Besprechungszimmer heiter und gelassen gegenüber und harrt erwartungsvoll der Dinge, die da kommen werden. Sepp Pfund sieht Gregor Zünd eine Weile an. In der Hoffnung, dass Zünd von sich aus das Wort ergreift, ohne Stichwort von ihm, Pfund. Doch Zünd schweigt. Sieht Pfund ohne mit einer Wimper zu zucken lächelnd an. Pfund muss erkennen, dass dieser Zünd Nerven hat. Er, Pfund, muss das Gespräch eröffnen.

„Sie scheinen froh um jede Abwechslung vom Zellenalltag zu sein."

„Bloss halb so schlimm. Ich kann mich mit mir beschäftigen. Doch freut es mich, sie heute nochmals zu sehen. Selbst wenn ich keine Ahnung habe, was sie noch von mir wollen. Ich habe ihnen bereits alles erzählt, was es aus meiner Sicht zu erzählen gibt. Reicht ihnen mein Geständnis nicht?"

„Ich weiss, dass ich nichts weiss. Weil mein Wissen immer beschränkt ist …", fordert Pfund mit einem Augenzwinkern Zünd heraus.

„Aha, man kennt seinen Sokrates", kontert Zünd fröhlich.

„Meine Kapazitäten sind beschränkt. Ich kann nicht alles Wissen. Dieses mein Bekenntnis sollte mir, insbesondere als Detektiv, peinlich sein. Doch ich stehe zu dem, was ich bin. Was sie darüber denken, kann mir gleichgültig sein, solange sie mich nicht darauf ansprechen. Es ist mir ein Bedürfnis, auch meine Mängel festzuhalten, damit das Wissen darum nicht ins schwarze Loch der Erinnerung fällt und mit grösster Wahrscheinlichkeit nie mehr auftauchen wird. Über, zum Beispiel Facebook weiss ich nichts, nicht das Geringste."


Zünds Lächeln gefriert. Pfund sieht Zünd herausfordernd an. Vorerst schweigt Zünd. Dann entspannen seine Gesichtszüge sich.

„Klar doch. Geistreich, wie sie mich auf den Mangel in meinen vorigen Ausführungen hinweisen und dabei dieses vermaledeite Facebook ansprechen, von dem sie angeblich keinen blassen Schimmer haben. Von dem jedoch irgendetwas in ihre Wahrnehmung hineingeschimmert haben muss. Wie rücksichtsvoll von ihnen, mich so sachte auf meine kleine Unterlassungssünde aufmerksam gemacht zu haben. Keine böse Absicht stand dahinter, dass ich ihnen etwas, wonach sie mich nicht ausdrücklich fragten, verschwiegen hatte. Doch spitzfindig von ihnen, lieber Herr Pfund, meine frühere Beziehung zu meinem späteren Opfer in den Fokus zu schieben. Diese Beziehung war seltsam und verworren. Um nicht in den Verdacht zu geraten, etwas zu erfinden, hatte ich lieber meine Klappe gehalten. Wenn ich ihnen nun die tatsächliche Geschichte meiner Beziehung zu David Keuner erzähle, klingt sie in ihren Ohren wohl unglaubwürdig. Doch sie ist wahr. So wahr ich hier stehe. Das heisst, sitze. Dass ich schreibe und von meinem Roman ‚Der grosse Wurf‘ hatte ich ihnen heute früh bereits erzählt. Meine Karriere, ach, als gescheiterter Schriftsteller.“

„Nicht sie als Schriftsteller sind gescheitert“, fährt Pfund dazwischen. „Bloss will der Markt – noch – nichts von ihnen wissen. Anscheinend.“

„Vor vielen Jahren, als ich noch ein Teenager gewesen war, wurde ich als schriftstellerisches Wunderkind vom Feuilleton gefeiert. Ja, ja, ich wurde gefeiert und liess mich, naiv, wie ich damals noch gewesen war, ungeniert feiern. Das zieht Neider auf den Plan. Mit einem Mal zählen bloss noch Geld und Marktinteressen. Gegen die Übermacht der Händler ist man als kleines Menschlein nicht gewappnet. Meine damaligen Werke sind inzwischen längst vergriffen, werden nicht mehr aufgelegt, mein Name ist im Kulturkanon gelöscht und kein Schwein erinnert sich mehr an meinen vergangenen Ruhm. Ruhm mit H geschrieben. Nicht Rum ohne H. Gesoffen habe ich nie. So schnelllebig ist unsere Zeit.

Und so vergänglich ist ein kurz aufflackernder Ruhm. Ich hatte Neider, die alles daran setzten, mich fertig zu machen und weitere Veröffentlichungen zu verhindern. Sie wissen ja nicht, dass das Verlagswesen eine Kampfzone ist, wo jeder Verlag, jeder Kritiker, jeder Feuilletonredaktor und jeder Agent gegen jeden anderen kämpft. Ich erkannte rasch, dass ich null Chancen hatte, weitere Werke zu veröffentlichen. Sogar aus dem Schriftstellerlexikon wurden, kaum zu glauben, mein Name und mein Eintrag eines schönen Tages getilgt. Doch einmal Schriftsteller, immer Schriftstellen. Die Katze kann das Mausen nicht lassen. Ich schreibe, weil es mir eine innere Notwendigkeit ist. Daher ‚Der grosse Wurf'. Mein Brotberuf als Banker war für mich immer eine Fassade gewesen, hinter der sich mein wahres Sein befindet. Zugegeben, ich spielte den Banker mit Schwung und überzeugend. Niemand hatte Grund gehabt, daran zu zweifeln, dass ich ein Banker bin. Bis … Ja, das ist dann wieder eine andere Geschichte. Jetzt machen wir einen grossen Sprung zum letzten Frühling. Ich bin ohne Job, ohne Wohnung, obdachlos. Es ist falsch zu sagen, dass ich in der Stadt herumirrte und Maulaffen feilhielt, um mir die Zeit zu vertreiben. Vielmehr war und bin ich, wenn ich unterwegs bin, immer auf einer Art von Beobachtungsposten. Ich halte Ausschau, ob mir von irgendwoher Stoff für meine Romane zufällt. Und ich achte auf alles, was mir in meine Wahrnehmung fällt oder sie auch bloss streift. Ich sitze also im Frühling neben einem entzückend hübschen jungen Ding, das – wie könnte es anders sein – an seinem Handy herumfingert. Hier muss ich noch eine Information einschieben. Ich bin obdachlos und auf Jobsuche. Die Folge eines wüsten Spiels, das alle andern mit mir getrieben haben. Wie sie dem, was ich ihnen bisher erzählt habe, entnehmen können. Die Jobsuche ist eine verdammt belastende

Angelegenheit. Also nicht so sehr für mich. Ich kann ja einen brillanten Tätigkeitsausweis vorweisen. Habe meinen Job bloss wegen einer Intrige meiner Ex verloren. Die mich bei meinem Arbeitgeber mit Lügen angeschwärzt und sich damit ins eigene Fleisch geschnitten hat. Da ich nun überhaupt nicht mehr in der Lage bin, ihr die ihr und dem Sohn zustehenden Alimente zu zahlen. In meiner zugegeben heiklen Lage brauche ich unbedingt eine Zerstreuung. So bin ich auf Facebook gekommen und schaue amüsiert, wie andere sich selbst darstellen und was sie so an Blödsinn tagtäglich von sich geben. Zurück zu meiner Tramfahrt, wo ich neben dieser ausnehmend hübschen jungen Frau sitze. Mit einem Seitenblick bekomme ich mit, womit sie sich auf ihrem Handy beschäftigt. Sie spielt im Facebook herum. Auf ihrer eigenen Facebook-Seite. Ich kann auf ihre Facebook-Seite schielend unschwer ihren Namen erkennen. Felicitas Fröhlich. Diesen Namen merke ich mir. Aus Neugierde und weil mich einfach interessiert, was junge Menschen so treiben und was sie bewegt, sende ich ihr eine Freundschaftsanfrage. Sie akzeptiert die Freundschaft und so sind wir ab dato ,befreundet', ohne dass ich sie näher kennen würde. Und wieder muss ich eine weitere Information einschieben. Als Schriftsteller bin ich ein Bücherwurm und lese, was mir in die Finger kommt. Leider, leider musste ich meine Bibliothek in der ehelichen Wohnung zurücklassen. Aus der meine Ex mich rausgeschmissen hat. Ich hätte zwar das Recht, meine Bücher abzuholen, doch wohin mit all den Büchern, wenn man auf der Strasse lebt. Zudem fehlen mir die finanziellen Mittel, um Bücher zu kaufen. Bisweilen liegen an Tramstationen auf den Bänklein Bücher zum Mitnehmen herum. Doch meist handelt es sich dabei um triviale Kitschromane. Aus dem Tram heraus, dem 14-er, erspähe ich eines schönen Tages bei der Haltestelle Beckenhof einen öffentlichen Bücherschrank. Dort gehe ich hin. Die Gestelle sind voll von Büchern. Aufs Geratewohl bediene ich mich, packe zwei, drei Bücher und ziehe von dannen. Einer der Romane, hübsch aufgemacht, gelungene Buchgestaltung, einfach, doch ins Auge springend, ist ‚Prickelndes Gesöff' von einem gewissen David Keuner. Na, da ahnen sie, welche Zufälle im Leben manchmal Schicksal spielen. Um es gleich vorweg zu nehmen, dieser Roman dieses Keuners ist totaler Schrott und ein Paradebeispiel dafür, dass angesehene Verlage mit ihrer Werbemaschinerie und dem Feuilleton miesestes Machwerk hochjubeln, wenn sie Geschäfte wittern und künstlich ankurbeln können. Ich habe mich schrecklich geärgert, dass diesem Romänchen ein Erfolg konstruiert wird, während echt gute Romane, wie ich sie schreibe, auf der Strecke bleiben, weil ich zu bescheiden, zu wenig kämpferisch und zu zurückhaltend bin, um mich anzupreisen und mich dem Literaturbetrieb, wie er nun mal ist, zu verkaufen. Zurück zu meiner neuen ‚Freundin' Felicitas Fröhlich. Was ich in einem ihrer Facebook-Posts lese, kann ich kaum glauben und es haut mich aus den Socken. Sie wirbt in diesen Posts für dieses windige Romänchen ‚Prickelndes Gesöff'. Mit Fotos vom Buch-Cover und auch von einem Mann, der das Buch stolz in die Kamera hält. Eindeutig der Autor. So kann ich mir ein Bild von diesem Keuner machen und weiss, wie er aussieht. Dass er ungefähr in meinem Alter ist und ein selbstgefälliger Blender. Einfach widerlich! Zuerst denke ich, sie hat wohl ein Verhältnis mit diesem Keuner. Dann aber wird mir klar, dass die Werbemaschinerie unschuldige junge Dinger als Influencerinnen dafür einspannt, für solchen Schrott die Werbetrommel zu rühren. Diesen Schurken von Werbefritzen ist jedes Mittel recht. Ich checke dann auch, dass dieser Keuner auf Facebook ist. Sende ihm eine

Freundschaftsanfrage, die er nicht annimmt. Doch auf seiner Facebook-Seite sind überhaupt keine Posts. Nichts. Auf jeden Fall habe ich nie gesehen, dass er auf Facebook aktiv ist. Er scheint bloss verfolgen zu wollen, was seine Geliebte oder Bekannte, Felicitas Fröhlich, dort so treibt. Und wieder muss ich eine Information dazwischenschieben. Als Obdachloser hat man so gewisse Anlaufstellen. Man kennt gewisse Institutionen, die sich um Obdachlose kümmern und den Rest erfährt man auf der Gasse. Kurz und gut, ich bin bei der Beratungsstelle einer Kirchgemeinde gelandet. Fasste dort Vertrauen zu einem ehrenamtlich tätigen Berater, Dr. Leo Stelzer. Ihn habe ich verschiedentlich aufgesucht und mit ihm sehr wertvolle Gespräche gehabt. Neulich, also das war erst letzte Woche gewesen, hat er mir, weil er offensichtlich meine Not erkannt hat, über die ich nicht in ihrem ganzen Ausmass gesprochen hatte, einen namhaften Geldbetrag geradezu aufgedrängt. Ein so empathischer Mensch, der echt erkennt, wo Not am Mann ist. Einmal bei einem Beratungsgespräch bekam er einen Anruf auf seinem Handy. Er wollte den Anruf unbeantwortet lassen, doch ich forderte ihn auf, ungeniert zu antworten. Das tat er auch. Seinen Worten, die ich ungewollt mitbekam, konnte ich entnehmen, dass das Thema, sie werden es kaum glauben, dieser ominöse David Keuner war. Selbstverständlich mimte ich ein diskretes Weghören, spitze dabei aber diskret und von Dr. Leo Stelzer unbemerkt meine Ohren. Aus den aufgeschnappten Gesprächsbruchstücken muss ich entnehmen, dass Keuner ein totales Ekel ist und auf mir nicht bekannte Weise Dr. Leo Stelzer übel mitgespielt hat. Was Wunder, dass Dr. Leo Stelzer eine ungeheure Wut auf Keuner im Ranzen hat. Ich will nicht behaupten, dass diese Information mich kalt gelassen hat. Vielmehr zeigt es mir mit aller Deutlichkeit, was für ein windiger Charakter dieser Keuner ist. Nun verstehen sie bestimmt, wie mich die Kommentare von Dr. Leo Stelzer zu Felicitas Fröhlichs Werbe-Posts auf Facebook gefreut hatten. Total erschrocken jedoch bin ich, dass Stelzer mich dabei beobachtet hat, wie ich einen Menschen in Notwehr, um meine Integrität zu wahren, abgewehrt habe. Nota bene, ohne da Keuner bereits erkannt zu haben. Als ich dann auf der Vermisstenanzeige das Foto des Vermissten sah, fiel bei mir der Groschen und ich erkannte klar Keuner. Da erachtete ich es als das einzig Richtige, mich zu meiner Tat zu bekennen. Auch auf Facebook – wie sie ja gesehen haben. Und mich der Polizei zu stellen."

„Lassen wir es für heute gut sein", bemerkt Pfund, als der Gesprächsfluss Zünds verebbt und Zünd ihn selbstgefällig anschaut. Offensichtlich stolz auf sein Bekenntnis.


Zurück im Büro stecken Pfund und Miri Stöckli, die sich noch nicht in den Feierabend begeben hat, ihre Köpfe zusammen und wundern sich, in welche Geschichten sie beruflich schliddern.

„Man hat nie ausgelernt", grinst Miri Stöckli. „Man denkt, das gibt es nicht. Und dann stellt sich heraus, dass es tatsächlich geschehen ist!"

„Eine blumige Geschichte. Mit Feuer erzählt. Mal sehn, ob wir beim Lokaltermin morgen endlich die Leiche finden. In welchem Zünd sie sich versteckt. Oje, du, ich muss noch in die Migros. Meine liebe Hulda hat mir Aufträge aufgebrummt. Für heute haben wir genug erlebt. Und morgen organisierst du als Erstes möglichst zeitnah den Lokaltermin mit Spurensicherung, Seepolizei und Tauchern. Was würde ich machen ohne dich! Geniesse den Feierabend!"

*In einer „verunsicherten" Welt wuchs der Hochstapler zum Zeittypus par excellence heran. … Die Hochstapelei steht wie die Dichtung und wie die Bühnenkunst unter der Herrschaft des Lustprinzips; sie gehorcht dem Zauber der grossen Rollen, der Spiellust, dem Selbsterhöhungsbedürfnis, dem Sinn für Improvisation.*

*Peter Sloterdijk, Kritik der zynischen Vernunft. Zweiter Band. edition suhrkamp1983, Seiten 850 / 854e 530*

## Deus ex machina

Mirjam Stöckli wundert sich, wo Sepp Pfund bleibt. Meist ist er vor ihr im Büro, doch heute ist sein Büro noch verweist. Dabei ist es bereits Zwanzig vor Acht. Nachdem sie ihren Mantel abgelegt und verstaut hat, richtet sie sich an ihrem Schreibtisch ein, fährt ihren Computer hoch, entnimmt der Schreibtischschublade die Aktenstücke und Dokumente, deren Bearbeitung sie gestern unterbrochen hatte. Im Nu ist sie wieder mitten in ihrer Arbeit drin. Als Erstes gilt es, den Lokaltermin in Sachen Zünd zu organisieren.

Sepp Pfund trudelt ein. Sie sieht ihn durch die offene Verbindungstüre zu seinem Büro, wie er sein Büro betritt. Normalerweise betritt er sein Büro über ihr Büro. Dann wechseln sie ein paar Worte, bis er in sein Büro und hinter seinen Schreibtisch verschwindet. Heute früh kein Gruss. Nichts. Miri Stöckli sieht zu ihrem Erstaunen, dass Sepp Pfund mürrisch wirkt. Was überhaupt nicht seine Art ist. So kennt sie ihn nicht. Sie ruft ihm einen Gruss rüber und fragt, ob alles in Ordnung sei. Ob er heute mit dem linken Fuss aufgestanden sei? Was ihm über sein Leberchen gekrochen sei?

Sepp Pfund bewegt sich für Miri Stöckli hörbar in deren Richtung. Er baut sich voluminös, wie ihn die Jahre und Jahrzehnte haben anschwellen lassen, im Türrahmen auf und wirft Miri Stöckli einen Blick zu, der töten würde, wenn Blicke töten könnten. Dabei gibt er eine so komische Figur ab, dass Miri Stöckli spontan lachen muss. Sogleich schämt sie sich für ihre Spontanreaktion. Bevor sie sich für ihr ungehöriges Verhalten entschuldigen kann, beginnt Pfund seinerseits schallend zu lachen.

„Entschuldige, Miri", presst er zwischen Lachern hervor und fährt dann bei nach und nach gedämpftem Lachen fort, „heute bin ich nicht zurechnungsfähig. Stell dir vor, wache ich doch heute mitten in der Nacht, das heisst, gegen den Morgen hin, um vier Uhr auf. Okay, ich wache eigentlich jede Nacht um Vier auf, gehe dann, selbst wenn der Druck auf die Blase nicht gross ist, pissen und schlafe danach problemlos wieder ein. Doch heute, diese Nacht, stell dir vor, um Vier, hirnt es in mir spontan über angemessene Formulierungen nach, wie ich die gestern von den verschiedenen Leuten erhaltenen Informationen im heute früh zu erstellenden Protokoll präzise und gut festhalten kann. Dieses Denkgewitter hat mich die längste Zeit wachgehalten. Ich wälzte mich denkend hin und her. Total genervt, dass ich nicht, wie sonst immer, in friedlichen Schlaf abdriften kann. Dann wache ich plötzlich auf, zwinkere in Richtung Fenster und sehe, dass sich draussen bereits die erste Dämmerung zeigt. Es darf nicht wahr sein! Ich habe mich als Resultat des nächtlichen Denkgewitters verschlafen. Es ist bereits halb Sieben. Dabei stehe ich immer um Sechs auf. Ach ja, im nächtlichen Denkgewitter dachte es in mir auch, dass ich als Erstes nach dem Eintreffen im Büro, bevor ich mit dem Protokoll beginne, diesen Bezirksrichter, der sich mit der Scheidung von Zünd rumgeschlagen hat, anrufen will. Du entschuldigst mich!"

„Ist es nicht an der Zeit, eine Medienmitteilung vorzubereiten. Schliesslich ermitteln wir in einem Delikt gegen Leib und Leben", ruft Miri Stöckli Pfund nach, als er sich in sein Büro absetzt.

„Später, später", ruft Pfund über eine seiner Schultern hinweg zurück. „Darüber soll der Staatsanwalt entscheiden."


Zu seinem grossen Erstaunen hat Sepp Pfund Bezirksrichter Dr. Werner Fassbind gleich am Draht. Dieser entschuldigt sich jedoch, er habe nicht viel Zeit. In zehn Minuten müsse er zu einer Besprechung bei seinem Abteilungsleiter vortraben.

„So, so, Gregor Zünd interessiert sie. Ja, diese Scheidung. Ein armer Kerl. Eine so sympathische und gute Erscheinung. Ein genialer Geschichtenerzähler. Doch lassen sie sich nicht täuschen. Nein, nein, seine geschiedene Frau hat ihn nicht aus der ehelichen Wohnung geschmissen. Auch hat nicht sie die Scheidung beantragt. Er wollte die Scheidung unbedingt. Eigentlich gegen ihren Willen, Doch hat sie schlussendlich in die Scheidung eingewilligt, um des lieben Friedens willen. Nein, nein, sie unterbindet Zünds Kontakt zum gemeinsamen Sohn in keiner Weise. Zünd weigert sich, seinen Sohn zu sehen. Seit dieser es gewagt hatte, seinen Vater, der gerade eine Geschichte erzählt hatte, zu fragen, ob diese Geschichte stimme oder gelogen sei. Zünd erzählt seine Versionen von Ereignissen so blumig und überzeugend, dass man auf das, was er sagt, reinfällt. Ihn sogar dafür bewundert, dass er trotz aller ihm angeblich zugefügten Ungerechtigkeiten kein gebrochener Mann ist. Dann strahlt er wie ein Maikäfer. Man selber staunt betroffen, wie ungerecht das Leben für gewisse Menschen sein kann. Das ist die eine Seite der Medaille. Die andere Seite sieht ganz anders aus. Solange Cadeux, die geschiedene Frau von Zünd – sie hat ihren Mädchennamen immer behalten –, hatte nach und nach bemerkt, dass, wie sie sagt, ihr Mann in einer Traumwelt lebt. Solange Cadeux ist Historikerin, und, wie ich hörte, von Ihren Schülern der Kantonsschule Wiedikon heiss geliebte Lehrerin, die in ihrer Freizeit eine begnadete Rapperin zu sein scheint – ich kenne mich bei Rapp, Hip Hop & Co. nicht aus. Erst kürzlich hat sie ein neues CD Album herausgegeben. Zehn Jahre nach ihrem letzten Album. Dieses neue Album wird von den Medien, sogar den seriösen und bürgerlichen, sehr gelobt. Der Sprachwitz ihres Rapps komme bester Dichtkunst gleich. Diese Frau nun hat lange Zeit die Traumwelt ihres Mannes für seine Wirklichkeit genommen. Ihn sehr wahrscheinlich wegen seiner so überzeugend vorgebrachten Behauptung, ein genialer, jedoch verkannter Schriftsteller zu sein, der für die von ihm an Verlage eingesandten Manuskripte immer schnöde Absagen bekommt, ganz besonders bewundert und geliebt. Sie betonte, dass sie wegen ihrer vielen Interessen und Beschäftigungen nicht viel freie Zeit zur Verfügung gehabt habe. Daher auch ihren Mann nie darum gebeten habe, ihr ein Manuskript zum Lesen zu geben. Ihr allenfalls Auszüge von im Entstehen begriffenen Werken zum Probelesen und zur Beurteilung zu geben. Als sie dann plötzlich Zeit fand und ihn bat, ihr seine Manuskripte zu zeigen, sei er ins Stottern geraten, habe unzählige, auch wirre Ausflüchte gebracht und schliesslich sei ihr klar geworden, dass das Schriftsteller-Dasein Zünds bloss eine Imagination sei, an die er selber felsenfest glaube: Oder zumindest die anderen glauben machte, dass das seine wahre Existenz sei. Nachdem der Vater von Frau Cadeux gestorben ist, kaufte sie für sich und ihre kleine Familie eine recht grosszügige und sehr schöne Eigentumswohnung, die sie mit ihrem Erbe vollumfänglich habe bezahlen können. Daraufhin habe Zünd eine neue Geschichte erfunden, die für sie haarsträubend gewesen sei. Seine diesbezügliche Geschichte begann damit, dass er behauptete alle seine Vorgesetzten und das gesamte Kader der Bank seien eingebildete und machtgierige Trottel. Hätten von Tuten und Blasen keinen blassen Schimmer. Verstünden nichts vom Bankgeschäft. Seien bloss da, um exorbitante Entschädigungen einzusacken und sich in der Öffentlichkeit als die grossen Wirtschaftskoryphäen aufzuplustern. In dieser Situation sei es ihm gelungen, mit durch und durch legalen, doch in einem moralischen Graubereich angesiedelten Transaktionen locker für sich nebenher riesige Gewinne zu erzielen. Diese Gewinne hätten locker dazu ausgereicht, diese schöne Wohnung zu kaufen. Solange Cadeux habe Zünd vor den anderen nicht blossstellen wollen. Habe dieses unsägliche Märchen vor Freunden und Bekannten nie richtiggestellt. Ihre Freunde, Verwandten und Bekannten hätten paritätisch auf die Erzählungen Zünds reagiert. Ein Teil habe in die alte Leier der korrupten und untauglichen Führungsetage in einer so renommierten, international bedeutenden Bank, bei der Zünd arbeitet, eingestimmt. Ihm sogar dazu gratuliert, dass er in dieser verkommenen Geschäftswelt seine Schäflein ins Trockene gebracht habe. Diese Leute hätten ihm so nach dem Mund geredet, dass er seinen Lügenfaden weitergesponnen und blumig und packend erzählt habe, wie er bereits einen Roman darüber geschrieben habe, der ein totaler Knüller sein werde und für dessen Verfilmung sich bereits Hollywood gemeldet habe, sodass er seinen verhassten Brotberuf als Banker bald werde an den Nagel hängen können. Die andere Hälfte der Freunde, Verwandten und Bekannten hätten sie, wenn Zünd nicht dabei gewesen sei, gefragt, wie sie es mit einem solchen Mann aushalte. Ein Freund, ein Psychiater, habe sie dann darauf aufmerksam gemacht, dass ihm diese Lügengeschichten à la Münchhausen krankhaft erschienen. Der Auslöser, der gewisse Steine ins Rollen gebracht habe, sei dann der 15-jährige, gemeinsame Sohn Felix gewesen. Nach einer sehr schwierigen Pubertätsphase, in der er seine beiden Eltern total beschissen gefunden und links hatte liegen lassen, öffnete er sich langsam aber sicher wieder gegenüber seinem Vater, Zünd. Anlässlich eines Nachtessens zuhause, wo sie alle Drei gemütlich zusammengesessen seien, habe Felix zu seinem Vater gesagt, diese absurde Geschichte, die er überall herumposaune, könne nicht stimmen und sei bestimmt eine Lüge. Wie von der Tarantel gestochen sei Zünd aufgesprungen. Habe seine Serviette auf den Tisch geworfen und mit hochrotem Kopf geschrien, das lasse er sich nicht bieten, nicht von seinem Sohn und nicht von seiner Frau. Er wolle mit ihnen beiden nie mehr etwas zu tun haben. Dann sei er rausgegangen, habe seinen Mantel angezogen und sei auf Nimmerwiedersehen verschwunden. Weder bei Solange Cadeux, noch bei Felix habe er sich je wieder gemeldet. Seine Handynummer habe nicht mehr funktioniert. Über Freunde habe sie dann erfahren, dass er bei anderen Freunden und seinen Verwandten umherziehe und Unterschlupf bekomme. Über einen Anwalt habe sie von Zünds Scheidungsbegehren Kenntnis bekommen. Zuerst habe sie sich zur Wehr gesetzt, ihm über den Anwalt ausrichten lassen, dass er ohne weiteres wieder in die eheliche Wohnung zurückkehren könne und da willkommen sei, vorausgesetzt, dass man vernünftig miteinander reden könne. Der Rechtsanwalt habe sich dann entschuldigt. Mit Zünd sei nicht zu reden. Er bleibe stur. Nolens volens, um des lieben Friedens willen, habe sie sich mit einer Konvention einverstanden erklärt, dabei aber immer wieder betont, dass ihr Angebot nach wie vor bestehe. Zünd könne jederzeit in die eheliche Wohnung zurückkehren. Zur Scheidungs-verhandlung ist Zünd nicht persönlich erschienen, hat sich durch seinen Anwalt vertreten lassen und sich mit einem Arztzeugnis entschuldigen lassen. Bezeichnenderweise von einem Psychiater, der bescheinigt, dass die Teilnahme an der eigenen Scheidungsverhandlung Zünd zu sehr belasten würde. Aus den Formulierungen dieses Arztzeugnisses ist zu entnehmen, dass dieser Arzt zwar den unbedingten Willen Zünds bestätigt, sich scheiden zu lassen, jedoch der irrigen Meinung ist, dass die Scheidung von der Ehefrau beantragt wurde. Es ist also durchaus anzunehmen, dass selbst dieser Psychiater einer blumig vorgebrachten Lügengeschichte Zünds aufgesessen ist. Soviel zur Scheidung. Dann ist da noch die Geschichte mit dem Verlust der Arbeitsstelle bei der Bank. Solange Cadeux hat herausgefunden, dass Zünd kurz vor dem Eklat mit dem plötzlichen Auszug aus der ehelichen Wohnung von der Bank fristlos gekündigt worden war. Auch dort soll neben mangelhafter Arbeitsleistung eine Lügengeschichte und wiederholtes Bestehen auf der Lüge der Grund gewesen sein. Lieber Herr Pfund, ich rate ihnen, dem armen Kerl von Zünd nicht alles zu glauben, was er so wortgewaltig und überzeugend erzählt. Meine laienhafte Einschätzung ist, dass bei ihm psychische Schwierigkeiten vorhanden sind mit Symptomen, die an Pseudologie, pseudologia fantasica, erinnern. Nachdem die Scheidung durch war, tauchte Zünd persönlich einmal in meinem Büro auf und bedankte sich überschwänglich und wortreich, doch durchaus freundlich für das gelungene Scheidungsurteil. Er lobte mich über den grünen Klee. Er erklärte unter anderem, er habe plötzlich gemerkt, dass er sein Leben ändern müsse. Seine wahre Berufung sei die Schriftstellerei und ihr wolle er sich nun voll und ganz widmen. Als kaltblütigen Mörder kann ich mir diesen sanften, an sich sympathischen, doch anscheinend äussert verletzlichen Mann nicht vorstellen. Dabei fällt mir noch ein, Solange Cadeux hatte in der Befragung erwähnt, dass Zünd ein denkbar schlechtes Verhältnis zu seinem Vater gehabt habe. Der Vater, ein Gefängnisdirektor, habe von seinem Sohn nichts gehalten und ihn immer wieder runtergemacht und ihm nichts zugetraut. Das könnte ein Grund für seinen übermässigen Geltungsdrang sein. Vielleicht will er mit mörderischen Heldentaten, die Aufmerksamkeit seines verstorbenen Vaters im Nachhinein erlangen. Dieser hatte seine gesamte Aufmerksamkeit seinen Gefangenen, diesen ausgewiesenen Kriminellen gewidmet. Und um diese harten Kerle ein solches Gescheisse gemacht. Der Held, der von den anderen mit allen Mitteln verhindert wird. Diese Rolle spielt Zünd glänzend. Ein Freund von mir, Professor an der medizinischen Fakultät, forscht über Pseudologie und fragte an, ob er zu wissenschaftlichen Zwecken Einsicht in diese Scheidungsakten erhalten könne. Das Gesuch wurde von unserer Geschäftsleitung bewilligt. Daher stehen die Akten im Moment nicht zur Verfügung. So, Herr Pfund, jetzt muss ich mich aber sputen. Sonst fange ich von meinem Chef noch die Rüge ein, ich würde unsere von ihm anberaumten Besprechungstermine nicht ernst nehmen."

Von den Ausführungen Fassbinds ist Pfund richtiggehend erschlagen. Als er gerade dabei ist, Miri Stöckli über das, was er erfahren hat, zu informieren, klingelt das Telefon von Miri Stöckli. Sie wirft Pfund einen entschuldigenden Blick zu und greift zum Telefonhörer. Pfund verstummt und deutet mit einer knappen Geste an, dass sie den Anruf entgegennehmen soll.

Miri Stöckli meldet sich an. Dann hört sie zu. Ihr Gesichtsausdruck zeigt plötzlich grinsendes Erstaunen und sie schüttelt ihren Kopf.

„Das darf nicht wahr sein! Das gibt es nicht", ruft sie mit einem sanften Aufschrei in den Hörer. „Schicken sie in rauf. Ja, ja, Sepp ist zufällig gerade frei und wird grosse Augen machen."

Miri Stöckli legt den Hörer auf und lacht wie verrückt. Zwischen Lachern presst sie, ihren Blick auf Pfund gerichtet, hervor, „Stell dir vor, wer dich unbedingt zu sprechen wünscht? Unsere Leiche!"

„Wie bitte?"

„Du hast richtig gehört. David Keuner verlangt am Empfang, unbedingt Herrn Pfund zu sprechen. Es sei total dringend. Was mache ich nun mit dem bereits anberaumten Lokaltermin am Ort des Verbrechens heute Nachmittag um Zwei! Sogar die Seepolizei ist mobilisiert. Soll ich denen melden, sie können die Leiche, die sie finden sollen, bei uns quicklebendig abholen?"

Pfund schaut Miri Stöckli an. Beide lachen und schütteln ihre Köpfe. Schon klopft es an die Bürotüre von Miri Stöckli. Die Türe wird sanft aufgestossen. Keuner, hübsch maskiert, steckt seinen Kopf rein und betritt dann Miri Stöcklis Büro. Die Türe hinter sich schliessend. Pfund bedeutet ihm gestisch, er könne sich der Maske entledigen. Hinter der Maske zeigt sich ein breites Grinsen. Seinen Blick auf die Beiden gerichtet. Das Grinsen weicht aus Keuners Gesicht und macht einer gespielt tragischen Ernsthaftigkeit Platz.

„Tut mir fürchterlich leid, Herr Detektiv Pfund, dass ich ihnen und ihrem Team einen so schön saftigen Fall vermassle. So liebend gerne ich eine Leiche sein würde, um ihnen zu einem Berufserfolg zu verhelfen, ich bin einfach – noch – keine Leiche!"

Alle drei lachen, schütteln sich zur Begrüssung die Hände.

„Dann bist du also auferstanden," eröffnet Pfund das Gespräch. „Böser Junge, hast deinen Liebsten und deinem Umfeld einen gehörigen Schrecken eingejagt mit deinem plötzlichen Verschwinden. Und uns eine besondere Geschichte eingebrockt. Wen hat Zünd tatsächlich abgemurkst, das ist nun die Frage, zusätzlich noch die Frage, welcher Teufel dich geritten hat …", stellt Pfund seine Fragen, grimassiert und wird von Keuner unterbrochen.

„Kein Teufel. Ein flatus cerebri, ein Gedankenfurz. Ich handle. Plötzlich ist der Teufel los. ‚Da steh ich nun, ich armer Tor. Und bin so klug als wie zuvor'. Sprachlos vor dem, was ich ausgelöst habe", seufzt Keuner.

„Nun, David", frotzelt Pfund, „So fantasievoll wie das Leben heben selbst die wildesten Träume eines begnadeten Geschichtenerzählers und Schriftstellers nicht ab."

„Daher halte ich mich bei dem, was ich schreibe, strikte an solche Aspekte des Lebens, die ich durch scharfes Beobachten mitbekomme und füge nichts hinzu. Lasse aber auch nichts weg."

„Weshalb, zum Teufel, deine Flucht, dein Status eines Flüchtigen", fragt Pfund.

„Männer sind nun mal so. Müssen bloss mal rasch Zigaretten holen im Kiosk um die Ecke," lässt Miri Stöckli wie nebenher fallen, nachdem sie in einer ihrer Schreibtischschubladen die angebrochene Packung mit Sprüngli-Gauffrettes, die sie neulich von einer Freundin geschenkt bekommen hatte, findet und den anderen zum Zugreifen herumreicht.

„Du triffst genau den Punkt, Miri", lässt Keuner ernsthaft fallen, um dann mit Leichenbittermiene dramatisch weiterzufahren. „Meine liebe Delila ist so verdammt beschäftigt, dass sie nicht mal mitbekommen hat und mich daher auch nicht dafür lobt, wie strikte ich mich an das von ihr verordnete Rauchverbot in der Wohnung halte. Der Gipfel dann ist, dass sie die längste Zeit, einige Tage, nicht einmal bemerkt, dass ich bloss mal schnell weggegangen bin, um im Kiosk um die Ecke neue Zigaretten zu kaufen. Nun, das Problem dann war, dass im Kiosk um die Ecke meine Marke, American Spirit blau, nicht mehr vorhanden war, weshalb ich zuerst ins Zentrum marschierte, um meine Marke halt ausnahmsweise im dortigen Kiosk zu kaufen. Auch dort war nichts gewesen. Also nahm ich den Bus, um im Zigarren Dürr am Bahnhofplatz …".

Das Telefon auf Pfunds Schreibtisch klingelt. Pfund entschuldigt sich mimisch und gestisch, greift zum

Hörer, während er den Rest der Gauffrette, die er kurz zuvor noch in seinen Mund gesteckt hatte, mantscht. Dann richtet er sich vollends auf. Seine Kinnlade fällt runter und er reisst offensichtlich vor Überraschung darüber, was er vernimmt, seine Augen weit auf. Murmelt dann in vermantschter Aussprache angeregt in den Hörer, „Ja, ja. Stell einfach durch!" Legt dann eine Hand über die Sprechmuschel des Hörers und flüstert den andern zu, „Ich schalte auf Lautsprechen."

„Pfund!" meldet er sich, nachdem er runtergeschluckt hat, mit fester Stimme.

„Herr Pfund, hier spricht Doktor Stelzer. Doktor Leo Stelzer", ertönt mit verfremdetem Hall die Stimme vom andern Ende der Leitung. „Guten Morgen, Herr Pfund."

„Guten Morgen, Herr Doktor Stelzer. Was verschafft mir die Ehre? Ach so …"

„Ja, ja, genau so ist es. Soeben wurde mir von den Damen in meinem Vorzimmer ausgerichtet, dass sie mich gestern gesucht hatten. Es entzieht sich meiner Kenntnis, was diese Frauen ihnen berichtet haben. Doch habe ich aus dem, womit diese Frauen rausrückten, schliessen müssen, dass es unter anderem um Keuner, Zünd, Facebook und solche Dinge gegangen ist. Sind sie Jurist? Entschuldigen sie die Frage. Was ich ihnen zu berichten habe, ist eine komplexe Angelegenheit, die ich mit einem Juristen …"

„Ich bin ein ganz gewöhnlicher Polizist und mit der Untersuchung beauftragt …"

„Dann verbinden sie mich bitte mit dem zuständigen Staatsanwalt."

„Er hat mir die Untersuchung übertragen. Wenn sie jetzt nicht reden, werde ich sie ganz förmlich vorladen und dann müssen sie hier bei mir antanzen."

„Nein, nein, ich dachte bloss. Ich bitte sie aber, wenn sie mir zugehört haben, sich juristisch beraten zu lassen, bevor sie …"

„Das lassen sie schön meine Sorge sein. Schiessen sie schon los. Ich bin gespannt."

„Was ich ihnen zu berichten habe, ist etwas delikat. Sie stehen ja unter Amtsgeheimnis. Sie wissen, was das Amtsgeheimnis ist. Was ich ihnen berichte, muss unter uns bleiben."

„Ausser, dass es in die amtlichen Akten kommt. Als Aktennotiz."

„Was ich ihnen zu sagen habe, ist letztlich unerheblich. Spielt keine Rolle. Können sie es nicht einfach weglassen. Oder zumindest meinen Namen weglassen. In meiner Position …"

„Im Zusammenhang mit Facebook ist ihr Name bereits in den Akten. Nun schiessen sie bitte los. Ich habe nicht den ganzen Morgen Zeit, mich mit ihnen herumzustreiten."

„Um ein für allemal festzuhalten, mit Facebook habe ich nichts zu tun. Da muss jemand meinen Namen missbraucht, sich einen Scherz mit mir erlaubt haben, ohne dass ich Wind davon bekommen hätte. Im Übrigen, Herr Pfund, bitte ich sie, mir, einem Juristen gegenüber nicht so aggressiv aufzutreten. Sonst muss ich mich bei ihren Vorgesetzten über sie beschweren."

„Ungeniert. Tun sie ungeniert, was sie nicht lassen können. Meine Vorgesetzten kennen mich. Und nun, kotzen sie endlich raus, was sie zu sagen haben. In welcher Beziehung stehen sie zu Gregor Zünd", fragt Pfund mit süsslicher Stimme, Miri Stöckli und Keuner zugrinsend.

„Was unterschieben sie mir! Ich stehe ich keiner Beziehung zu Gregor Zünd."

„Ihr Vorzeige-Obdachloser."

„Typisch. Diese verflixten Frauen haben gestern getratscht. Es ist ganz anders. Armer Kerl, dieser Zünd. Ich kenne ihn aus meiner ehrenamtlichen Beratertätigkeit für meine Kirchgemeinde. Eine Hyäne von Ehefrau hat ihn durch die Scheidung ins Unglück gestossen."

„Hyänen stehen zu Unrecht in schlechtem Ruf. Man soll sie nicht verunglimpfen. Sie sind nützliche Tiere. Die Obdachlosigkeit von Zünd ist aktenkundig. Ich gehe davon aus, dass sie nützliche Beratungstätigkeit machen. Unterstützt ihre Kirchgemeinde ihn auch finanziell?"

„Am Montag letzter Woche hatte ich meine Beratungsstunde bei der Kirchgemeinde. Seit dem Frühjahr besucht Zünd in teils grösseren, teils kleineren Zeitabständen meine Beratungsstunde. Ich habe ihn also mehrmals gesehen und kenne ihn und seine tragische Geschichte, das kann ich ohne weiteres behaupten, sehr gut. Es ist ein Jammer, dass ein senkrechter Bürger wie Zünd wegen des bösen Verhaltens einer gierigen und rachsüchtigen Ehefrau in der Gosse landet. Ein Lehrstück dafür, dass niemand davor sicher sein kann, seine bequeme Existenz zu verlieren. Wenn böse Nächste ihm Böses wollen. Seine Frau hat ihn von einem Tag auf den andern rausgeschmissen. Ihn bei seinem Arbeitgeber, einer Grossbank, schlecht gemacht. So hat er Wohnung und Stelle verloren. Solange sein Geld gereicht hat, hat er in Hotels genächtigt. Sein Erspartes ging zur Neige im Frühling. Um noch ein Weniges zu haben, kaufte er sich einen guten Schlafsack und nächtigte von nun an draussen. Er ist zu stolz, um finanzielle Hilfe bei den Sozialen Diensten anzufordern. Ich meine, ein so senkrechter und guter Mensch. Als er an diesem Montag letzter Woche herkam, war er, nach eigenen Worten, total abgebrannt. Ich habe ihm dann in eigener Kompetenz einen bestimmten Betrag zur Überbrückung angeboten. Zünd hat das Angebot empört zurückgewiesen. Er sei überzeugt, in Kürze wieder eine Arbeit und dann auch wieder eine anständige Bleibe zu finden. Das sei nur eine Frage von wenigen Tagen. Und er sagte mir, dass er bei einem international tätigen Handelsunternehmen seine Bewerbungsunterlagen, inklusive Lebenslauf und besten Arbeitszeugnissen eingereicht habe und sich bereits habe vorstellen können. Ich meine, dieser Mann unternimmt etwas. Er ist nicht einer, der sich gehen lässt und nur noch profitieren will. Ich verstehe durchaus, dass er auf seine von ihm geschiedene Frau eine Stinkwut hat. Sie verhindert ja auch, dass er Kontakt zu seinem Sohn haben kann. Sie macht ihn vor seinem Sohn schlecht. Es ist schrecklich, wenn das eigene Kind seinen Vater verachtet und nichts mehr von ihm wissen will. Ich habe ihm das Geld richtiggehend aufdrängen müssen. Zum Schluss hat er es genommen. Widerwillig. Um des lieben Friedens willen. Mit dem Versprechen, es zurückzuzahlen, sobald er wieder einen Job habe. Er betonte, unbedingt nicht zu wollen, dass tatsächlich Bedürftige wegen ihm zu kurz kommen. Schliesslich komme er ja bloss in meine Beratung, weil er hier ein Stündchen im Trockenen sitze und diesen herrlichen Kaffee bekomme. Nun wissen sie alles über meine Beziehung zu Zünd. Mehr gibt es dazu nicht zu sagen."

„Herr Doktor Stelzer, wir haben bei Facebook mit richterlichem Befehl ihren Facebook-Account zur Durchleuchtung angefordert."

Hörbar schluckt Stelzer leer. Kurzes Schweigen, das in dieser Situation ewig zu dauern scheint. Dann legt Stelzer abtastend und zögernd los. „Ein Bekannter hat für mich aus Blödsinn, zum Scherz, nehme ich an, mal einen Facebook-Account in meinem Namen eingerichtet. Ich verstehe nichts davon, überhaupt nichts. Und irgendwann hat er gesagt, du kennst doch diesen Keuner. Er ist in verschiedenen Posts viral, weil er angeblich einen Roman geschrieben hat. Dem brennen wir was rein, einfach so, zum Scherz. Ich wehre mich. Keuner ist ein ehemaliger Arbeitskollege und Freund. Ihm will ich nichts Böses. Mehr weiss ich nicht. Das auf Facebook, ich bitte sie! Nehmen sie dieses Geschwätz nicht ernst."

„Sie, Herr Doktor Stelzer, oder ein alter ego von ihnen hat auf Facebook in einem Kommentar geschrieben, dass sie im Arboretum eine Hinrichtung gesehen hätten."

„So ein Blödsinn! Wenn ich nach der Oper zu Fuss nachhause gehe, führt mein Weg durchs Arboretum. Ich habe dort nie etwas gesehen. Wenn sie, Herr Pfund, so einen Mist behaupten, dann müssen sie ihn mir beweisen. – Nun, lieber Herr Pfund, muss ich sie um etwas bitten. Sie kennen meine berufliche Stellung hier. Man ist sehr exponiert hier und soll unbedingt nicht ins Gerede kommen. Damit unsere Klienten nicht das Vertrauen in uns verlieren. Ich bitte sie daher, meinen Namen in ihrer Untersuchung nicht zu erwähnen. Ich kann es mir nicht leisten, in Unschöne Dinge hineingezogen zu werden."


Pfund beendet das Telefongespräch. Die Drei grinsen sich an.

„Langsam aber sicher scheint sich alles, womit ich mich ernsthaft hatte herumschlagen müssen, in Luft aufzulösen", seufzt Pfund theatralisch. Er greift in die Gaufrettes-Packung, bedient sich, stopft die Gaufrette in seinen Mund und mantscht genüsslich.

„Nun kannst du dir zumindest ein Bild von Stelzer machen", lacht Keuner. „Er ist ein sehr schwieriger Zeitgenosse. Doch dass er mich jetzt doch noch einen Freund nennt, müsste mich zu tiefst berühren. Ich bin untröstlich, dass ich dir, liebe Miri, und dir, lieber Sepp, diese Suppe eingebrockt habe. Hasst mich! Verwünscht mich! Ein Totentanz sondergleichen", gibt Keuner in hervorragend gespielter Verzweiflung zum Besten.

„Memento mori. Dem Himmel sei's getrommelt und gepfiffen. Denk an die Ewigkeit," wirft Pfund lässig hin setzt dann zu einem dramatischen Rundumschlag an. „Ohne dich, David, wären Miri und ich um eine herrliche Erfahrung ärmer. Doch, mein Lieber, du wirst nicht ungeschoren davonkommen. Für dein idiotisches Verhalten wirst du im Fegefeuer landen und dort vom Moralapostel und Hüter von Anstand und Ordnung, in der Form eine Mischung aus feuerspeiendem Drachen und einem mit einem Zweihänder wild um sich schlagenden Ritter in voller Eisenrüstung bei heruntergelassenem Helmvisier, inmitten lodernder Flammen und inmitten von allen Seiten dich anstarrenden erschröcklichen Fabelwesen und Untieren mit furchteinflössenden Grimassen, Pranken, aufgestellten Schwänzen und furzenden Ärschen ganz gehörig in den Senkel gestellt werden, dass dir Hören und Sagen vergehen wird. Dir gehört diese gehörige Strafe dafür, dass du alle, die sich an dich gewöhnt und gehängt haben, an der Nase herumgeführt hast. – Oje, ich muss mir Zünd nochmals vorknöpfen!"


Pfund steht auf, ist nicht mehr zu halten. Miri Stöckli ruft ihm nach, „Und was mache ich nun mit dem bereits organisierten Lokaltermin von heute Nachmittag um Drei mit der Seepolizei und den Tauchern am See beim Arboretum?"

„Und ich werde mich wohl oder übel dem Fegefeuer stellen müssen, wenn Sepp mich dazu verdonnert", wirft Keuner hin.

*I shall not feel alone without you*
*I can stand on my own without you*
*So go back in your shell*
*I can so bloody well*
*Without you.*

> „Without You", Lied aus dem Muscial „My
> Fair Lady" (1956), Text Alan Jay Lerner,
> Musik Frederick Loewe

# Gastspiel V.

Der maskierte Zünd kommt freundlich lächelnd und mit zum Gruss hingestreckter Hand auf den maskierten Pfund zu. Er wirkt aufgeräumt und scheint in seinem Element zu sein. Bevor Pfund etwas sagen kann, ergreift er das Wort und lässt dieses Wort in einen kaum zu stoppenden Wortschwall münden.

„Wie bin ich froh, lieber Herr Pfund, dass sie mich noch einmal mit einem Besuch beehren vor unserem ‚Lokaltermin' heute Nachmittag. Was ist ein ‚Lokaltermin'? Wie kann ich mich angemessen vorbereiten, um ihnen keine Schande zu machen und sie zu enttäuschen?"

„Wir suchen gemeinsam mit der Spurensicherung das Arboretum am See auf und sie sagen uns, was sich wo abgespielt hat. Wir stellen das Geschehen von der Nacht des 1. November nach, spielen etwas Theater, was für sie ja nicht schwierig sein wird, da sie als tatsächlicher Täter bloss sich selber zu spielen haben. Zeigen uns genau, wo sie das Opfer erschossen haben. Wie sich das Ganze abgespielt hat. Wie sie das Opfer von der Stelle der Hinrichtung an welche Stelle am See geschleppt haben. Wo sie die Steine zum Beschwerden der Leiche gefunden haben. Wo sie die Leiche ins Wasser geworfen haben. Wo sie danach die Pistole im See versenkt haben. Ob ich mit meinen Umfängen und meinem Alter das Opfer mimen werde oder ein etwas jüngerer Kollege, weiss ich noch nicht. Sie sehen, wir erwarten keine Zauberei. Am besten wäre, sie zaubern uns die Leiche Keuners hervor, dann könnten wir die Untersuchung abschliessen und es würde einen Schritt weiter gehen."

„Aha. Das schätze ich so an ihnen, Herr Pfund. Sie sind immer zu einem Scherz aufgelegt. Ich bin ja so froh und dankbar, dass mein Fall ihnen zugeteilt wurde. Zum Teil hört man ja haarsträubende Geschichten, wie Angeschuldigte abgeputzt und zumindest psychisch misshandelt werden. Ich kann mich nicht im Geringsten beklagen. Von ihnen fühle ich mich verstanden und ich freue mich echt, wenn wir heute Nachmittag zusammen etwas Theater spielen können. Re-Enactment nennt man diese Sache. So spannend. Ich werde mich geistig darauf vorbereiten, dass das Ganze gelingen wird. Und noch etwas, ich …"

„Zur Sache, Kamerad," unterbricht Pfund die Suada Zünds. „David Keuner ist soeben kreuzfidel und schnitzeldrauf bei mir im Büro angetanzt. Er hat sich tausend Mal bei mir und meiner Mitarbeiterin entschuldigt, dass er leider – noch – keine Leiche ist."

Pfund nimmt an Zünds Augen, Augenbrauen und Stirne eine Anspannung der zuvor lockeren Züge wahr. Und vermutet unter der Gesichtsmaske das offensichtliche Bemühen, dennoch zu lächeln und locker zu bleiben.

„Sie sind mir noch einer, Herr Pfund," lässt Zünd fallen. „Doch ich lasse mir von ihnen keinen Bären aufbinden. Ich lasse mich von ihnen nicht auf den Arm nehmen. Auf solche Scherze falle ich nicht rein. Sie müssen wissen, dass mein Alltag auf der Gasse mich klar gelehrt hat, immer eine distanzierte Perspektive zu behalten. Mich nicht in Dinge hineinziehen zu lassen, an deren tatsächlichen Gegebenheiten berechtigte Zweifel anzubringen sind. Ich bin nun informiert darüber, wie dieser ominöse ‚Lokaltermin' ablaufen wird. Danke ihnen, Herr Pfund, auch herzlich, dass sie sich Zeit und Mühe genommen habe, mich angemessen zu instruieren, damit ich mich nicht lächerlich machen und wie ein Idiot dastehen werde. Ich werde sie und ihre Leute nicht enttäuschen. Unser Gespräch ist wohl beendet. Ich brauche noch etwas Ruhe. Wärter, sie können mich in meine Zelle zurückführen. Und, Herr Pfund, ich …"

Pfund unterbricht Zünd lächelnd.

„Aus meiner Sicht gibt es bloss zwei Möglichkeiten. Entweder sie haben tatsächlich einen Mann erschossen und sind nun der irrigen Meinung, bei diesem Mann handle es sich um David Keuner. Oder sie haben den FB-Nutzern und uns einen Quatsch erzählt, einen Fake in Umlauf gesetzt, um sich aufzuspielen oder aus was weiss ich für welchen Gründen. Mein wohlgemeiner Rat an sie, reissen sie sich zusammen, geben sie sich einen Stoss und up-daten sie ihr ursprüngliches Geständnis. Ich muss unbedingt über den aktuellen und tatsächlichen Stand des Geschehens informiert sein. Bloss dann wird das Verfahren nicht unnötig verschleppt werden und wird ein angemessenes und gerechtes Urteil möglich sein."

Zünd weicht Pfunds Blick aus. Spielt nervös mit seinen Händen und bewegt seine Finger wie wild. Entzieht seine Hände dem Blick von Pfund, indem er sie unter die Tischplatte hält. Er verzieht immer wieder seinen Mund. Bemüht sich um besonders aufrechte Haltung. Versteift sich im Nacken. Nimmt zur Seite blickend eine siegerhafte Pose ein. Pfund schweigt. Um Zünd die Möglichkeit zu geben, sich zu einem, diesmal wahren, Geständnis durchzuringen. Plötzlich wendet Zünd seinen Kopf und sieht Pfund mit einem süffisanten Grinsen in die Augen. Pfund platzt der Kragen. Doch kann er sich beherrschen. Er beginnt nicht zu schreien, doch seine Stimme ist verändert. Klingt verärgert und lässt erkennen, dass Pfund die Geduld mit einem so sperrigen Angeschuldigten langsam aber sicher ausgeht.

„Ich bin ihnen äusserst verbunden, wenn sie mir jetzt endlich unumwunden die Wahrheit sagen. Dann können wir gemeinsam schauen, wie wir sie aus diesem Schlamassel rausbringen. Darum bitte ich sie, mir nun keine weiteren Lügengeschichten mehr aufzutischen."

Kaum ist Pfund das Wort Lügengeschichten rausgerutscht, und erst noch in diesem ihn selber befremdenden und herrischen Tonfall, könnte er sich die Zunge abbeissen. Er hätte bedenken sollen, dass Zünd seine Geschichten nicht als Lügen sieht. Zünd reagiert sofort. Sein Blick wird beissend böse. Zünd schreit wie von Sinnen.

„Das muss ich mir nicht bieten lassen. Nicht von ihnen, sie windiger, kleiner Beamte. Nehmen sie den Vorwurf der Lügengeschichten augenblicklich zurück. Wird's bald. Sie Unmensch! Unschuldigen Bürgern der Lügengeschichten zu bezichtigen. Und auf ihnen rumzutrampeln. Das ist Folter!"

Pfund, der sich Einiges gewohnt ist, erschrickt im ersten Moment. Er nimmt am Rand auch wahr, dass der im Raum anwesende Wächter, der zuvor in Gedanken versunken auf einem Stuhl gesessen hatte, aufgestanden ist und sich dem Tisch von ihnen Beiden diskret und beinahe lautlos nähert. Sich von diesem unbemerkt hinter den tobenden Zünd stellt. Einen Moment lang befürchtet Pfund, dass Zünd in seinem Ausnahmezustand sich so sehr vergessen und wie wild um sich schlagen, ihn, Pfund, angreifen könnte. Nach seiner kurzen, doch heftigen Schimpftirade verstummt Zünd. Steht auf. Schüttelt sich. Atmet mit einem Mal tief durch. Entspannt sich sichtlich. Schaut dann entspannt und mit Lachfalten um die Augen um sich. Setzt sich wieder. Als ob nichts gewesen ist.

„Was ist in sie gefahren," fragt Pfund.

„Was soll schon in mich gefahren sein," antwortet Zünd schnippisch.

„Wir müssen versuchen, dem, was tatsächlich geschehen ist in dieser Nacht, so nahe als möglich zu kommen. Sind sie in der Nacht vom 1. November tatsächlich im Arboretum-Park am See gewesen?"


Erneut weicht Zünd Pfunds Blick aus. Er atmet hechelnd. Schweiss tritt auf seine Stirne. Er wirft bloss stotternd und verschämt ein paar Silben hin.

„Ich, ich, ich, das, das, das …"

„Also sind sie nicht da gewesen?"

„Da da das heisst, wie wie wie soll ich …"

„Sie kennen Leo Stelzers Kommentar auf der Facebook-Seite vom 7. November, wo er berichtet, wie er den Mord beobachtet hat. Angeblich. Und sie befürchten, er könnte sie, den Mörder, erkannt haben. Helfen sie mir weiter,

Herr Zünd. Ich stehe wie der Esel am Berg. Lassen sie mit bitte nicht im Stich."

Zünd senkt seinen Blick. Starrt auf den Boden. Dann bröselt er, schlecht artikuliert, in unbeholfenen Satzfetzen hervor, dass er nichts mehr sage. Ohne seinen Anwalt. Psychische. Psychische Folter. Das sei psychische Folter. Psychische Folter.

„Was ich. Hier. Erlebe. Psychische Folter. Jawoll. Psychische Folter. Sage. Kein. Wort. Mehr. Dabei, Stelzer ist der einzige Mensch auf der Welt," fährt Zünd nun mehr oder weniger zusammenhängend, emotionslos und leise sprechend, fort, „Der einzige Mensch auf der Welt. Der mich versteht. Wirklich versteht. Am Montag davor, ja, hatte er mir Geld gegeben. Eine hübsche Summe. Um ihn zu beeindrucken, habe ich geschrieben, ich bin der Mörder. Um ihn zu beeindrucken. Um ihm zu zeigen, dass ich seine Spielchen mitspielen kann und Manns genug bin, um sie auch tatsächlich mitzuspielen. Ist doch lustig, für einmal in die Rolle eines echten Kriminellen zu schlüpfen. Als solcher gesehen und respektiert zu werden. Mit dem Geld habe ich schwarz die Pistole gekauft. Im Wald einen Schuss abgefeuert, um Schmauchspuren an meinen Händen zu haben. Dann habe ich mich der Polizei gestellt. Pfündchen, haben sie nun gehört, was sie hören wollten?! Jetzt sage ich nichts mehr! "

Bei diesen letzten Worten hebt Zünd seinen Kopf, sieht Pfund stechend in die Augen. Der sichtlich erschöpfte Zünd wendet sich, während er aufsteht, an den Wächter und befiehlt, nun endlich in seine Zelle zurück gebracht zu werden. Pfund würdigt er keines Blickes mehr. Mit einem Blick und einem Kopfnicken signalisiert Pfund dem Wächter, dass es in Ordnung sei und er Zünd zurück in seine Zelle bringen könne.

Kurz bevor der Wächter und Zünd die Türe erreichen und den Raum verlassen, sagt Zünd mit fester Stimme in seinem gewohnten Tonfall, der vermuten lässt, dass eine blumige Geschichte erzählt wird, nun sei er, der Wächter, Zeuge geworden von einem hochstaplerischen Meisterstück. Die Geschichte, dass er bloss Stelzer habe beeindrucken wollen, sei erstunken und erlogen.

„Nimmt dieser Trottel von Pfund doch im Ernst an, ich hätte es nötig, mich um Aufmerksamkeit zu bemühen. Hahaha! Er glaubt die Lüge, die er aus mir herauspresste. Die Wahrheit ist, ich habe in der Nacht vom 1. November im Arboretum dieses Arschloch Keuner abgeknallt!"

Die Türe, durch die Zünd und der Wächter abgehen, fällt nicht mit einem Knall ins Schloss. Obschon Zünd ihr einen Stoss versetzt. Sie verfügt über einen automatischen Bremsmechanismus. Pfund packt seine Siebensachen zusammen und geht zurück in sein Büro. Er ist gespannt darauf, was der Staatsanwalt aus der ganzen Geschichte machen wird. Irreführung der Rechtspflege. Selbst wenn das Handeln Zünds Ausfluss einer ernsthaften Erkrankung sein sollte? Darüber hat er, Gottseidank, nicht zu entscheiden.

*Die grossen offensiven Paraden zynischer Frechheit sind selten geworden; Verstimmungen sind an ihre Stelle getreten, und zum Sarkasmus fehlt die Energie.*

*Peter Sloterdijk, Kritik der zynischen Vernunft. Erster Band. edition suhrkamp1983, Seite 41*

# NACHSPIEL

*Rainer Bressler, Ohne Titel, Aquarelle 1973*

*Non, rien de rien*
*Non, je ne regrette rien*
*Ni le bien, qu'on m'a fait*
*Ni le mal, tout ça m'est bien égal*
  *Liedtext (1956/1960) Edith Piaf, Text Charles*
  *Dumont, Musik Michel Vaucaire*


# Die verdiente Strafpredigt im Fegefeuer


*Inmitten lodernden Flammen, umgeben, umtanzt und umzuckt von Feen, Elfen und erschröcklichen Ungeheuern und Fabeltieren, die furchteinflössend grimassieren, regelmässig fauchen und Urgeräusche ausstossen, mit ihren bekrallten Pranken spielen und deren Ärschen unter den aufgestellten Schwänzen sich abzeichnende Fürze entfahren, steht der herumhüpfende jenseitige Moralapostel und Rächer des verletzten Anstands und des verursachten Chaos, in der Form eine Mischung aus feuerspeiendem Drachen und einem mit einem Zweihänder wild um sich schlagenden Ritter in voller Eisenrüstung bei heruntergelassenem Helmvisier, und setzt mit getragener Stimme, aus der Empörung herauszuhören ist, seine Abkanzelungen fort.*


Der Nächste bitte! Der Nächste bitte! Herr, Herr David Keuner. Wir haben nicht ewig Zeit. Die Warteschlange ist lang. Herr David Keuner! Wir wissen, dass sie hierher befördert wurden. Treten sie bitte vor. Sie verlängern bloss die Wartefrist für die Nachfolgenden. Jedes Kind hat zu lernen, wenn man einen Fehler gemacht hat, entschuldigt man sich. Entschuldigungen gehören sich und sind in Mode. Das Allerweltsmittel, um die Welt wieder in Ordnung zu bringen. Kein Übeltäter kommt darum herum. Bereuen und entschuldigen sie sich gefälligst! Läuterung muss sein. Wir sind keine Ungeheuer. Halten die Übeltäter sich an die fegefeurigen Gesetze und bekennen demütig ihre Fehler, wird die Strafe zwar schmerzhaft, doch milde sein. Vielleicht sogar bloss eine Geldbusse. Und erst noch auf Bewährung. Doch die Form muss gewahrt bleiben. Herr David Keuner, bitte! Wir warten! – Hören sie auf mit diesem Blödsinn. Sie können sich uns nicht entziehen. Wir haben alle Menschlein, die Fehler begangen haben, auf unserem Radar und dirigieren sie automatisch zum Bereuen hierher. Es ist unmöglich zu kneifen. Nach dem Bereuen sind alle immer erleichtert und glücklich. Kindisch ihr Theater. Kommen sie gefälligst her, sonst, sonst – . Bürschchen, fordere uns nicht heraus. Sonst ziehen wir andere Saiten auf. Wir fangen jeden Flüchtigen ein. Lächerlich anzunehmen, dass man sich uns und dem fegefeurigen Bereuen entziehen kann. Wer bist du schon, du kleiner Wicht! Du liederliches Subjekt, das im Ernst geglaubt hat, mir nichts dir nichts aus seinem Alltag und seinem Umfeld verschwinden zu können. Du hast deine Mitmenschen auf gewissenlose Art an der Nase herumgeführt. Komm uns nicht damit, dass deine lieben Mitmenschen sich haben an der Nase herumführen lassen. Dieses Argument zieht hier nicht. Du hast deinen Hang zum Fabulieren, zum Verfolgen fantastischer Träume, zum Übertreiben nicht unter Kontrolle. Dein Hang ist mit dir durchgebrannt. Du wüster Kerl bist abgehauen. Doch nicht tatsächlich abgehauen. Du hast dich heimlich in dem leerstehenden und für den Abriss vorbereiteten Gebäude gegenüber deinem Wohnhaus wie ein Gespenst eingenistet, dir einen Blick auf die Fensterfronten eurer Wohnung und des Hauseingangs eures Wohnhauses besorgt. Bist auf der Lauer gelegen. Um zu beobachten, wie deine Delila und ihre Tochter Felicitas auf dein Verschwinden reagieren. Schändlich dein heimliches Ausspionieren deiner Nächsten! Mit deinem Tun bist du für jeden anständigen Menschen eine Zumutung. Was hast du dir bloss dabei gedacht, als du vorgegeben hast, vom Erdboden verschluckt worden zu sein?! Hast du bloss einen Gedanken daran verschwendet, welchen Schrecken du mit deinem Verhalten der guten Delila einjagst. Du bist verantwortungslos und dein Verhalten ist schändlich. Denkst nur an dich. Dabei bist du überhaupt nicht wichtig. Selbstverwirklichung in Ehren. Doch darf sie nicht ins Überschäumen von Selfies und in demonstrative Nabelschauen ausarten. Da hört selbst bei dir, dem unverbesserlichen Spassvogel, der Spass endgültig auf. Du nimmst dich wichtig. Du lebst nicht in einer Privatblase zum einzigen Zweck, mit den darin von dir aufgewirbelten Schäumen lässig zu spielen und Aufmerksamkeit zu erregen. Am liebsten hätten wir dir als Begleitung deines schändlichen Treibens Frost, Eis, Schnee und Sturm geschickt. Doch Petrus lässt sich von uns nichts vorschreiben. Aus Trotz liess er die Sonne scheinen und die Temperatur für die Jahreszeit milde und angenehm sein. Du brauchtest dir in deinem offenen Hinterhalt ohne Glas in den Fenstern nicht einmal deinen Allerwertesten abzufrieren. Und was hast du beim Spionieren sehen können?! Nichts! Normaler Alltag. Ha, ha, ha! Ein so windiges Würstchen wie du wird von niemandem vermisst. Klar, auf dem Facebook hast du mitbekommen, dass Felicitas in einem Post vorgibt, dich zu vermissen. Ein wenig peinlich wurde dir dann schon, als dein Verschwinden offiziell wurde durch die Vermisstenanzeige, mit Foto, in den Medien. Dir den Buckel voll gelacht hast du über die Kommentare von Stelzer und dem dir persönlich unbekannten Zünd auf Facebook. In denen die Fake-News verbreitet wird, du seist richtiggehend hingerichtet worden. Vollends in die Hose geschissen hast du – entschuldige den Ausdruck, ich passe mich hier deinem Jargon an – , als die Mordgeschichte anscheinend amtlich ernst genommen wird und der dir bekannte Detektiv Pfund in eurem Wohnhaus antanzt und Felicitas und deine Delila in die Mange nimmt. Flugs kehrst du zurück zu deiner Delila. Bringst ihr den Schmus. Und glaubst im Ernst, ungeschoren wegzukommen. Du hast dich getäuscht, Bürschchen! Das Bisschen Staunen von dir, du Idiot, über den Wirbel, den du mit deinem rücksichtslosen Handeln in Gang gesetzt hast, ist geradezu obszön. Trotz dieses Wirbels hat niemand dich vermisst. Wer bist du schon, du kleines Würstchen! Wo kämen wir da hin, wenn jedes Würstchen bloss sich selber sein und nach seiner Fasson selig werden wollte. Anstatt bescheiden sich damit zu begnügen, im Räderwerk eines geregelten Zusammenlebens ein nützliches Rädchen zu sein! Du nimmst dich viel zu wichtig. Ein Irrsinn zu glauben, auf Anpassung an das, was sich gehört, und Gleichschritt mit dem Volk verzichten zu können: Komm mir nicht damit, dass nicht bloss die andern etwas zählen und du auch wer bist. Sturer Individualismus bis zum Gehtnichtmehr! Eine Gefahr für den Zusammenhalt im Volk! – Keuner, lach nicht so blöd! Du kannst mich nicht täuschen. Dieses hämische Lachen stammt von dir. Und du bist hier. Zeige dich endlich! Wir werden jeden einzelnen von euch Flüchtigen erwischen. Du bist ein Kamel! Mit dir kann man nicht vernünftig reden. Wart's bloss ab, auch dir wird man deine Hammelbeine gerade ziehen. Du wirst den Ernst des Lebens kennenlernen. Ach, leck mich! Bei dir ist Hopfen und Malz verloren. Jeder Versuch, dich mores zu lehren, ist verlorene Liebesmüh. Schau gefälligst selber, wie du weiterkommst. Dir ist nicht zu helfen. Du wirst selbst als Flüchtiger auf Immer und Ewig im Fegefeuer schmoren. Was fällt dir ein. In meiner Gegenwart zu furzen. Komme mir bloss nicht mit dem Spruch, dieser Furz stinke nicht. Als ob dies erheblich ist! – Es verstösst gegen jegliche Sitte und Anstand, sogar im Fegefeuer Winde fahren zu lassen. Hat ihre Mutter, werter Herr Keuner, sie keinen Anstand gelehrt?! Winde sind nicht angängig. Man hat sie nicht. Was soll das?!!! Das hämische Lachen zu einem ohrenbetäubenden Höllengelächter anschwellen zu lassen! Da versteht man ja sein eigenes Wort nicht mehr ….

.